JN134753
ラビ

アム
コン
キャニス

ジロ

善人のおっさん、
冒険者を引退して孤児院の先生になる
エルフの嫁と獣人幼女たちと
楽しく暮らしてます
茨木野
illustration ヨシモト

contents

第2章

おまけ

プロローグ

善人のおっさん、
冒険者を引退して孤児院の先生になる
エルフの嫁と獣人幼女たちと
楽しく暮らしてます

プロローグ

ふと、恩師の言葉を思い出した。

『情けは人のためならずよ、ジロくん』

その人は美しいエルフの女性だった。彼女は俺の住んでいた村で、先生として働いていた。

医者であり、教師でもあるエルフの先生。

俺は先生から、さきほどのことわざを教えてもらった。

『なさけはひとの、ためにならないの？』

『ううん。人に情けをかけることは、めぐりめぐって自分に返ってくるということよ』

先生の言っていることはよくわからなかった。

ただ苦笑する先生が、すごくキレイだなと思った。

長く美しい金髪。海のように青い瞳。そして豊かな肢体。

俺は色んなことを知っている先生にあこがれていた。

そして先生のことが、好きだった。

『いい、ジロくん。ひとに優しくできる男になりなさい。そうすれば、優しくしてあげたことが、いつか自分に良いこととして返ってくるから』

先生の言葉を聞いて、俺は思った。絶対に人に優しくしようと。

だってそうしていれば、良いこととして返ってくるのだろう？

俺にとっての良いこととは、先生と恋人関係になることだ。

『うんっ、わかったよ！　先生！　おれ、いっぱい、人に優しくするっ！』

『うんっ、えらいわ、ジロくん。えらいえらいっ』

先生はしゃがみ込むと、俺の頭を優しく撫でてくれた。

花のような甘い香りが好きで、ちらりと見える胸元がえっちで大好きだった。

……けど、その先生は、いつの間にか村からいなくなっていた。

必死になって捜したけど、先生は見つからなかった。

やがて月日は流れて、俺は大人になった。

子供のころ出会った初恋相手の顔は、もう時間がたちすぎていて、鮮明には覚えてないけど。

楽しかった日々の思い出と、そして彼女が教えてくれた言葉は、俺の中で確かに息づいている。

人に優しくすれば、いつかきっと自分に返ってくる。

その言葉が、俺という人間を形作ったと言っても過言ではなかった。

この生き方に、何も不満はない。死ぬ時が来ても、俺は生き様で後悔しないだろう。

……ただひとつ、心残りがあるとすれば。

出て行ってしまった先生に、お別れと、そして感謝の言葉を言えなかったということ。

俺に素晴らしい教えを授けてくれた、あの優しくてきれいなエルフの先生は、どこへいってしまったのだろうか……？

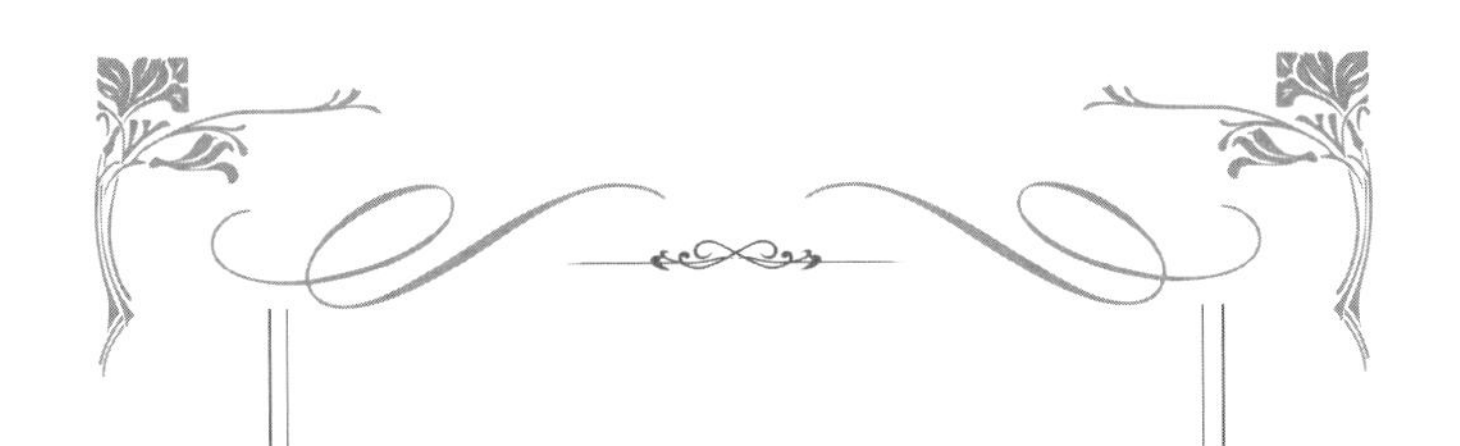

第1章

善人のおっさん、
冒険者を引退して孤児院の先生になる
エルフの嫁と獣人幼女たちと
楽しく暮らしてます

1話　善人、引退する

冒険者という職業がある。

ギルドから採取や討伐といった依頼を受けて、それを完遂し、その日の金を稼ぐ職業だ。

職業と言っても、定額の給金はもらえない。

クエストの成否によっては、その日の収入がもらえない日もある。

水商売のようなものだ。

危険も多い。

何せ依頼が、モンスターを倒してだとか、僻地に生えてるキノコをとってきてだとか。

【一般人では危なくてできない仕事を代替わりする】仕事が、俺たち冒険者の仕事なのである。

危険は多いが、そのぶん、当たると大きくもうけることのできる職業でもある。

ダンジョンへ潜り、一攫千金という話もないわけではない。

冒険者とは危険はあるけど、しかし夢のある職業といえる。

若者、特に家を継げない次男坊などが、大金を夢見て冒険者になるケースは多い。

俺も農家の次男に生まれたため家を追い出され、田舎を出て冒険者になったくちだ。

冒険者は危険も多く、向き不向きのある仕事だが、幸いにして俺には、生まれつき【特殊技能(スキル)】と呼ばれる、特別な能力があった。

俺はそのスキルを使って、冒険者として頑張った。

十六で冒険者となり、それから二十年。

駆け出しだった俺も、今ではすっかりおっさんとなった。

二十年もこの業界にいるので、いちおうはベテランと呼ばれるようにはなった。

まあ一流かと言われると、疑問符が浮かぶけどな。

それはさておき。

俺はこの日、拠点の街近くの森へ行き、害獣である【モンスター】を狩っていた。

「お、いたいた」

俺は茂みに隠れながら、討伐対象である【クレイジー・ボア】を発見した。

猪型(ボア)のモンスターだ。通常の猪の倍近くの大きさがある。

気性が荒く、あいつの突進攻撃のせいで、森に採取に入った何人もの人がケガを負っている。

「気づいてないな。よし」

俺の狩りは基本的に奇襲しかしない。

昔は正面切って戦っていたが……今は【とある事情】で近接戦闘ができないのだ。

クレイジー・ボアに向かって、俺は右手を差し出す。左手を地面に置く。

俺は脳内で特殊技能……スキルの発動を念じる。

スキルが立ち上がるのを感じ、呪文を唱える。

「【複製(コピー・アンド・ペースト)】開始↓魔法↓無属性魔法・【滑(スリップ)】」

左手が光る。

すると――

「ブギァッ!!!!」

つるん、と猪がその場ですっころんだ。

「よし、奇襲成功」

無属性魔法・滑(スリップ)。これは対象物から摩擦を奪う魔法だ。

ようするに氷の上で立っているような状態になるのだ。

猪は仰向けになったまま、じたばたと足を動かしている。

さて、トドメといこう。

俺は差し出した右手を猪に向けて、

「【複製】開始↓物体↓岩」

すると俺の魔力を吸い取って、猪の上空に、大きな岩が出現する。

岩は重力にしたがって落下、猪の頭をつぶす。

頭部を失った猪は、しばらくじたばたと足を動かしていたが、やがて動かなくなった。

完全に猪が絶命したのを目で確認して、俺は茂みから出てくる。

「これで依頼完了っと」

猪の死体を見ながら、俺は一仕事終えてほうっとため息をつく。

「しかし戦法がこずるいことこの上ないよな」

物陰に隠れ、スリップで横転させて、動けないところで頭をつぶす。

卑怯極まる戦い方だった。

「騎士物語の主人公にはなれそうにないな」

まあ俺は騎士じゃなく、しがない冒険者だ。

安全に日銭を稼ぐためには、こういう手を使うのである。

「さてあとは死体を持って帰って、依頼達成か」

【討伐クエスト】はモンスターを討伐し、その死体の一部を持って帰れば、依頼達成となる。

そう、一部分でいいのだ。

だが俺はそうしない。

俺は死体のそばに立って、左手をクレイジー・ボアに向けて言う。

「【複製】開始→魔法→無属性魔法【素材化(マテリアライズ)】」

すると魔法が発動。

猪の死体が、【いのししの大皮】×5と【いのししの低級肉】×5になる。

素材化とは動物やモンスターの死骸から、素材アイテムを作り出す魔法だ。

まあ耳といった死体の一部を切って持って帰れば、それで依頼達成なのだが。

残った死体が、実にもったいないではないか。

腐らせるくらいなら、こうして素材にして持って帰る方がいい。

俺は右手を前に出して、スキルを発動させる。

「【複製】開始→物体→革袋」

俺の体から魔力が放出され、それが物体となり、俺の望んだとおりのものが複製される。

これこそが、俺の特殊技能、【複製（コピー・アンド・ペースト）】。

あらゆるものをコピーし、再現（ペースト）することができる。

左手は魔法をコピー、右手は物体をコピーできる。

コピーするためには左手でコピー元の魔法を、右手で物体を一度触る必要がある。

だが、一度触ったことがあれば、何度も再現が可能なのだ。

一見チートっぽい能力なのだが、この【複製】には魔力を消費する。

俺の魔力量は、一般人より少し多いかな程度。つまり並だ。

魔力量が並であるため、無限に魔法や物体を作り出すことはできないのである。

現に二度の魔法と、二度の物体の複製を行っただけで、俺の魔力はほぼ枯渇してしまった。

「スキルはチートでも、それを使う人間がチートじゃないからな……」

もしかりに無限に近い魔力を持っていれば、このスキルを存分に使えて、もっと高いランクの冒険者になれただろう。

だがまあ……これでいいのだ。

一日に必要な分の金を得る。

帰ったら安い酒を飲んで、そこそこ美味い飯を食う。余ったぶんは貯蓄に回す。

そんな地味な生活が、俺には性に合っているんだ。

「けど……そんな生活も、今日でおしまいだ」

俺は素材となったアイテムを回収し、街へ戻る。

クエスト達成を知らせに行く。

俺の冒険者としての、最後のクエストの……だ。

☆

俺の拠点である【カミィーナ】の街の冒険者ギルドへと帰ってきた。

クエスト達成を報告し、報酬をもらうためだ。

ギルド会館には、今日のクエストを終えた冒険者たちが、飲んで食べての大騒ぎをしている。

「あ！　ジロさんじゃないですかッ！　お疲れ様ですッ！」

俺が受付へ向かって歩いていると、顔見知りの若い男が、俺に話しかけてきた。

「おう、ケイン」

俺はその男、ケインが座っている席へと近づく。

年齢は確か十九だったか。

精悍(せいかん)な顔つきと、がっしりとした体格の……まあなかなかのイケメンだ。

「今日もおまえはイケメンだなケイン。羨ましいぜ」

「ありがとうございます！　師匠にそう言われるとうれしいです！」

ケインがパアッと表情を輝かせながら、実にうれしそうに言う。

「よしてくれよ、おまえの師匠だったのなんて、もう何年も前じゃないか。それに今では、俺なんかより遥かに腕の立つ冒険者だよ、おまえは」

「そんな……そんなことないですよ！　ジロさんはおれなんかより遥かに強いです！　あの事故さえなければ、ジロさんだって今頃はきっと……！」

ケインが、俺の利き手である左手を、悲痛な面持ちで見てくる。

「そんなことないさ。事故があろうがなかろうが、おまえは俺を超えてたよ」

「……ありがとうございます。あなたにそう言われて……光栄です」

暗い雰囲気を払拭するように、「そう言えば」とケインが話を切り出す。

「今日ですよね？」

とケインが確認するように言う。

事情を知らぬ第三者には、何のことだかわからないだろう。

だが俺には、ケインが何を指して今日だと言っているのか、わかった。

「ああ。今日のクエストで目標額に達成する。それで……おしまいだ」

「……さみしく、なります」

ケインが眉を八の字にして、今にも泣きそうな表情になる。

「なに、別に死ぬわけじゃない。またどこかで会えるさ」

「……はい」

ケインはうなずくと、立ち上がって、頭を下げる。

「今までお世話になりました。ジロさんのおかげで、今のおれがいます。あなたから教わったこと、そして、あなたから受けた恩、絶対に忘れません！」

なんともまあ泣けるセリフを言ってくれる。

「困ったことがあったら、いつでも言ってください！　おれ、いつでもどこでも、ジロさんのもとへ駆けつけますから！」

「おう、ありがとうな」

俺はケインと握手したあと、その場を離れ、受付へと向かった。

背後で「ねえケインさん、さっきのひとってだれなの～？」「おれの最も尊敬する冒険者さ」とか聞こえてきて、ちょっと恥ずかしかった。

そんな尊敬できるひとじゃないんだがな。

さて。

俺はケインのもとを離れて、受付へとやってきた。

受付では、剣を腰に差した青年が、受付嬢に話しかけているところだった。

「なあマチルダさん、聞いてくれよ。この間な、一つ目巨人をついに倒したんだよ」

「そうですね。存じております」

「でさでさっ、聞いてよマチルダさん。そのときの俺の活躍っぷり！」

青年は自らの武勇伝を言って聞かせていた。

まあマチルダはかわいいしな。たしか年齢は十八だったか。

ふわふわとした亜麻色の髪に整った顔つき。

なによりその大きな胸と尻が、男心をつかんでしまうのだろう。

かくいう俺もちょっとその胸には目が行ってしまうのだが……まあマチルダは妹みたいなものなので、恋愛感情は芽生えない。

「巨人の豪腕をサッ……！　とかわし、やつの懐に潜り込んだ俺は、その一つ目に剣を突き刺す！　そして倒れる巨人……！」

「す、すごーい。さっ、さすがですね……」

「だろだろっ！　いやぁB級冒険者のなかで、ソロで一つ目巨人を倒したのって、俺が初じゃない？　ねえマチルダさんどう俺すごいっしょ？　そんなすごい俺と今晩飲みに行かない？」

青年からのデートの誘いに、受付嬢のマチルダは、困った顔で「ええっと」と言いよどんでいた。

察するに、どうにもその青年は、マチルダに気があるようだ。

気を引こうと熱心に話しかけていたのだろう。若い。若いなあ。若さがまぶしい。

ただ彼女は仕事中、ゆえに彼からの熱烈アプローチに、ちょっと困っているようだ。

若い子の恋路を邪魔する気はさらさらないが、困っている人を見かけてスルーはできない。

「よっ、マチルダ。帰ったぞ」

俺は青年越しに、受付に座るマチルダに声をかける。

「あっ！」

俺と目が合うと、ぱぁあっとマチルダの顔が明るくなる。

「ジロさんっ！　お疲れ様ですー！」

ぶんぶんぶん、とマチルダが元気よく手を振ってくる。

子供か……と苦笑しつつ、そういえばマチルダはまだ子供だったなと思いなおす。

大輪の花が咲くような笑顔で手を振る彼女に、俺は小さく手を挙げて返す。

受付にいた青年は、マチルダの笑顔を見て「俺のときと違いすぎる……」となにやら小声でつぶやいていた。

「邪魔してすまない。クエスト完了の手続きをしたいんだが」

青年は露骨に嫌な顔をすると、「ちっ……」と舌打ちして、受付を離れる。

彼が去ると、マチルダはホーッと安堵の吐息を吐く。

「ありがとうございます、お兄ちゃ……んんっ！　ジロさん、助かりましたっ」

マチルダが俺をお兄ちゃんと、昔の呼び方で呼びかけていた。すぐに言い直したが。

……そう言えばいつからだろうな。マチルダが俺のことを【お兄ちゃん】ではなく名前で呼ぶようになったのは。

たしかマチルダがギルドに就職したあたりだったか。

「あいかわらずマチルダは男どもから人気者だな」

「そ、そんな……わたしとしては、ちょっと困ってしまいます。……特にジロさんの前では」

マチルダは視線を落として、腕を前で組み、もじもじと身じろぎする。腕に挟まれた二つの大きな果実が、ぷるぷると大変なことになっていた。

眼福だが目に毒だ。

それはさておいて、気になることをさっきマチルダが言っていたので聞いてみる。

「どうして俺の前だと困るんだ？」

「うぇっ!?　そ、それは……そ、そんなことよりもっ！」

気を取り直すように、マチルダがこほんと咳払いをする。

「ジロさん、クエスト達成の手続きを行います。モンスターの一部分を」

「ん、ああ、そうだな」

さっきの発言は気になるが、まあ今は仕事中だ。私語はつつしむとしよう。

俺は持っていた革袋を、どさり、と受付カウンターに置く。

「ほい、クレイジー・ボアを倒して手に入る素材一式だ」

素材アイテムもモンスターの一部分だからな。

「はい……たしかに。あ、今回も大皮を取ってきてくださったんですね！」

ボアは皮を傷つけずに倒すことで、死体から皮アイテムをはぎとれる。

逆に言うと、剣などで皮を傷つけてしまうと、アイテムを回収できないのだ。

「みなさんモンスターを倒すのはいいんですが、後の処理のことを全く考えてないんです」

「まあしょうがないだろ。倒せば依頼達成なんだからな」

倒しかたを気にするやつなんて、ほとんどいない。

「いつもジロさんには感謝してます。モンスターから皮アイテムをとってきてくれるの、ジロさんだけですから」

「おおげさだよ。けどありがとうな。うれしいよ」

彼女はパアと顔を明るくしてテレテレと身をよじる。

「おーい手が止まってるぞー」

「はっ！　すみません！」

マチルダは素材アイテムを確認したあと、俺にギルドカードの提示を求めてくる。

カードをわたす。

マチルダはクリスタルでできたハンコを取り出し、何かしらの呪文を唱える。

ハンコの先端がぽわっと光り、そのままカードにハンコを押した。

「はい、クエスト達成となります！」

マチルダの言葉がトリガーとなり、ハンコが小さな革袋へと変化した。

「こちらクエスト達成のお金と、あと素材アイテムのぶんのお金です。買い取り金額はこちらに」

そう言ってマチルダは革袋と小さな紙切れを渡してくる。適正価格だった。

「ジロさんにはいつも助けられてます」

俺に諸々を手渡したあと、マチルダがそう言った。

「討伐クエストにいくたび、こうして素材アイテムまで持ってきてくれて……すごく、ものすごーく助かってるんですよ」

普通討伐クエストは、モンスターの一部分だけ持って帰ればそれですむ。

だが前にも説明したが、それではもったいないのだ。

モンスターからは、素材をはぎ取ることができる。だがそのためには、無属性魔法の【素材化】を使うか、あるいは専門の解体業者のもとまで、モンスターを運ばないといけない。ようするにその作業が面倒なので、みんなモンスターを倒したら倒しっぱなしにするのだ。素材が取れるのに、放置するのである。

俺みたいに素材化してくるのは、この街では俺しかいなかった気がする。いや、ケインは俺にならって素材化していたかもな。

「いや、別に感謝されることじゃないだろ。本来はやらなくて良いことで、俺は単に素材化の魔法が使えるからやってるだけだからさ」

「いいえ。それでも助かります。素材だって集めるのにクエストを発注しないといけませんし、ただでさえ素材採取のクエストは、人気がなくて誰もやらないんです。……母の時もそうだったじゃないですか」

沈んだ表情でマチルダが言う。

「……十年前、母が奇病にかかりました。治すのには【ワイルド・ベア】の胆嚢（たんのう）が必要でした。でもギルドにクエストを発注しても、誰もそれを取ってきてくれませんでした」

まあ、ワイルド・ベアはどう猛で、倒すだけでも一苦労だしな。そもそも討伐しようとする人間はほぼいなかったし、討伐したやつらも素材化せず耳とか牙とか一部分だけを取って、ギルドに帰ってきたからな。

「でも……ジロさんは違いました。わたしの頼みを聞いて胆嚢を取ってきてくれましたし、子供でお金なんてほとんどないわたしに、お金は要らないよと言ってくれました……」

なつかしい話だ。マチルダはあのとき八歳とかだったな。

「わたし……ジロさんにはすっごく感謝してるんです。おかげで母は助かりました。今も元気にしてます。本当に、ジロさんのおかげです」

マチルダが目を閉じて、うつむき加減にそう言う。

昔を思い出しているのだろう。

「あのときは、本当にありがとうございました、ジロさん」

瞳に涙をたたえながら、背筋を伸ばして一礼する彼女は、本当にキレイだった。

あの小さな女の子が、ここまでの美少女に成長するなんてな。

「いえいえ、どういたしまして」

俺がそう言うと、マチルダが微笑む。だがその顔が何を思い出したのか、すっと暗くなった。

「ところで……ジロさん」

マチルダが目を伏せながら言う。

「あの……本当に、今日で……その……」

ああ、そのことか。

「ああ、うん。今日で冒険者をやめるつもりだよ」

俺が言うと、マチルダは「…………」きゅっ、と下唇を噛んだ。

「あの……どうしてですか？　だってジロさんまだ三十六じゃないですか。早すぎ、ますよ……」

冒険者は十代から四十代前半までの職業で、そのあとは貯蓄を切り崩して生活するというのが一般的だ。なぜなら冒険者はきつい肉体労働だからだ。

体が頑強な時期はいい。

けど年を重ねるほどに体は衰えていく。ゆえにみんな四十代くらいで引退するのだ。

そう考えると三十六でやめる俺は、マチルダの言うとおり、早すぎるかもしれない。

しかし……。

「いや、無理だよ。だって俺、左手が……」

俺はシャツの袖をめくって、左腕を露出させる。

そこには、モンスターの爪のあとが残っていた。

「五年前ですよね。ホワイト・ファングの攻撃を受けて重傷……」

ホワイト・ファングとは狼型のモンスターだ。

人の倍くらいある大きさの狼である。

「ああ。傷はこのとおり治ったんだが、神経が何本かいかれちまったみたいでな。うまく力を入れることができないんだよ」

俺の職業はいちおうは剣士だ。両手剣を使うにしろ、片手剣で戦うにしろ、利き手に力が入らないのでは使い物にならない。

あの日傷を受けてから、俺はモンスターとの直接的な戦闘ができなくなった。

さきほどのような奇襲での攻撃が主となった。

「ジロさんの【複製】スキルがあれば、まだまだ冒険者としてやっていけます！　だから、その……だから……」

やめないで、と小さくマチルダが続ける。

それは幼い子供が、だだをこねているようにしかみえなかった。

成長していると思ったけど、この子もまだ子供なのだな。

「複製は確かに便利だ。うまく活用できれば、まだまだやってけるかもしれない」

「なら……！」

「だがまあ、無理だ。魔力が足りない」

複製は強力だが、使用するたびに魔力を消費する。

俺の魔力量では、一日に複製は、五回までしか行えない。

しかも五回目を使用し魔力がなくなると、精神が疲弊し、気を失ってしまう。

だからスキルは日に四度しか使えないのだ。

……正直言って、

「冒険者としては、今の俺は不適格なんだよ」

たとえばダンジョンなどには、俺は潜れない。

敵と出会ったときに近接戦闘はできないし、複製によって魔法を使えても、四度しか使えないため、長期間にわたる冒険はできない。つまりダンジョン探索はできないのだ。

「なら……今まで通りフィールドでの狩りを続ければ？」

「確かにできるが実入りに乏しい。それに今までは上手く奇襲がはまっていたけど、今後も通用するかは不明だ」

俺は三十六。そろそろ四十だ。

この先、あと十年、今までどおり冒険者としてやっていけるだろうか。

この先も今までどおり、体を動かせるだろうか。

……難しいと、俺は思う。どこかで無理が出るだろう。

体がうまく動かずに、モンスターから反撃を受けたら、それこそ命を落としかねない。

「ようするに俺はもう限界ってことだ。体力も日々衰えていっているし、ここらが潮時なんだよ」

「……そう、ですか」

マチルダは口惜しそうにぎゅーっと唇を噛んだあと、絞り出すようにそう言った。

「……引退後は、どうするおつもりなんですか？　お金とかは？」

ああ、優しい子だなこの子は。

これから無職になる俺の身を案じてくれているようだ。

「とりあえずどこかで湯治でもして、そっから考えようと思う。金の方は、まあいちおう貯蓄があるからな。そういうわけだマチルダ。ギルドに預けてあった俺の預金、全部出してくれ」

「………はい」

そう言うとマチルダは奥へと引っ込み、しばらくして、大きめの革袋を持ってきた。

どちゃり、とカウンターの上で、重い金属音がする。

重そうに見えるが、持ってみるとそこまでの重さはない。

これは特殊な革袋であり、重さを軽減する魔法が付与されているのだ。

「今日の稼ぎとあわせて、ちょうど金貨一万枚。これくらいあれば、まあ、死ぬまではのんびりできる」……と思う。まあダメだったらその時に考えよう。

ちなみに金貨一枚で菓子パンが百個買える。

異世界人たちは「金貨一枚で一万円くらいかな」と前に言っていた。確かにそれくらいの値段だと、【俺も】そう思っている。

「あ、そうだ。マチルダ。ほかにギルドに預けてる俺の武器とか防具とかも、売ってくれないか」

ギルドは冒険者たちの武器や防具、金までもを預けておくことができる。

が、もう俺は冒険者を引退する身だ。武器はもう必要がない。

マチルダは悲しそうな顔になるが、顔をぱしっと叩くと、

「わかりました、すぐに手配します」

と言ってうなずいた。

「準備が整ったらお呼びしますので、少しお待ちください」

「うん、わかった。頼むよ」

マチルダに仕事を頼み、俺はケインのもとへ行って時間をつぶすことにした。

そのとき妙なことを聞かれた。

ケインは「あれ、マチルダから何も言われなかったんですか？」と俺に聞いてきた。

「ん、引退するのは早くないかって言われたよ」

「え、それだけですか？」

「それだけって……それだけだけど？　ほかになにかあんのか？」

「あんにゃろ、ヘタレやがったな……。最後のチャンスだったのに」

「ん？　どうした」

「あ、いえ。そう言えばジロさんは彼女とかっていないんですよね、今も」

「まあな、独り身だよ」

俺がうなずいて返すと、ケインは「うん」と小さくつぶやいた。

「ジロさん。近いうちにおれと、マチルダと、ジロさんの３人で飲みませんか？」

ケインとマチルダは旧知の仲だ。

たまに食事しているところを目撃している。

「俺は大歓迎だけど、良いのか、それ？」

「なにがですか？」

「いやおまえとマチルダって付き合ってるんだろ？」

「……え、どうしてそういう話になってんですか？」

目を大きく見開いて、ケインが言った。

その顔には若干のあきれが見て取れた。

「だっておまえら結構な頻度で一緒に食事してるだろ。てっきり」

付き合っているのかと。

付き合っているふたりの時間を邪魔するわけにはいかない、と思っていたのだが。

するとケインは大きくため息をつく。

「……相談に乗ってるだけですよ」

「なんの？」

「ひみつです」

とかなんとか。

こうして、俺は後日この三人で飲むことになったのだった。

少ししてマチルダが武器防具を売った金を俺とケインがいるところへやってきた。

ケインが俺たち三人で飲むことを提案すると、

「い、いきます！　ぜったいにいきますから－！」

となんだか興奮気味に同意してきた。

そんなにケインと飲むのがうれしいんだな、マチルダのやつ。

付き合ってなくても、こいつら昔から仲良いからな。

☆

ケインと飲んでいると、そこにたくさんの冒険者たちが集まってきた。

みな顔なじみのやつらだった。

どうしたのかと理由を尋ねると、

「ジロさん！　黙ってるなんてひどいじゃないですか！」

「今日引退なんて聞いてないですよ！」

「水臭いぜジロさん！」

と口々に俺に問い詰めてきた。

俺は引退することは黙ってはいなかったが、自ら公言するようなことはしていない。知っているのは受付嬢をしているマチルダと、彼女と親しいケインだけだった。

「おれがあらかじめみんなに声掛けしたんです。送別会しようって」とは、ケイン。

「そんな……大げさだよ」

単なるひとりの冒険者がやめるだけなのだからな。別に大事にする必要はない。

だから自分からあまり引退のことは話してなかったわけだ。

すると顔なじみの連中が、

「ジロさんにゃお世話になったからな！」

「右も左も知らないおれに冒険者のイロハを教えてくれたのはジロさん、あんたじゃないか」

と笑ってそう言う。

ケインは彼らを見て微笑をたたえ、俺を見やる。

「ジロさん、おれたちあなたに感謝してるんです。みんなあなたに優しくしてもらった。だから最後は、みんなであなたを送りたい。そう思ってるんです」

ケインの言葉に、全員がうなずく。

「おまえら……ありがとうな」

俺は彼らに感謝の言葉を伝える。

みんな笑っていた。

「よしじゃあ、ジロさんの門出を祝って乾杯しよう！」

ケインの音頭に「「「おう！」」」と応える冒険者たち。

こうして俺は、仲間や知り合い、友達から送別会を開いてもらうことになった。

ギルドの酒場を貸し切って、俺たちは酒を浴びるように飲む。

金はみんなが出してくれるそうだ。

ありがたいが、申し訳ない。

あとで幹事であるケインには、今日の飲み代にといくらか渡しておこう。

懐かしい顔が、何人も俺にあいさつに来てくれた。

中には遠くへ引っ越していったやつもいた。

結婚して冒険者を引退して、家庭を持っているやつもわざわざ来てくれていた。

俺は彼ら全員に感謝の言葉をのべた。

そして俺の胸には、確かな達成感と、そして何より、恩師への感謝の念が広がっていた。

「……情けは人のためならず、か」

一通り彼らからのあいさつを終えて、飲んで騒いでがひと段落したころ、俺はテーブルの端に座ってぽつりと独りごちる。

「ジロさん、お疲れ様です」

そう言ってやってきたのはケインだった。

俺はケインに革袋を手渡す。いいですよ、と断る彼に、いいからと言って持たせた。

ケインはありがとうございますと言って頭を下げた後、俺の隣に座る。

「さっきのそれ、ジロさんがよく口にしてるやつですよね」

「ん。ああ、聞こえてたのか」

独り言のつもりでつぶやいたんだがな。

「人に優しくすればそれが巡り巡って自分のもとに帰ってくる。素晴らしい格言だと思います」

「だろ？　俺もそう思ってるよ」

恩師の教えに賛同してくれる若者がいて、俺はうれしくなった。

知らず、声が弾んでいたと思う。

「たしかその言葉って、ジロさんの恩人から教えてもらったんですよね？」

「ああ、うちの村にいた先生からな。きれいな人だったんだよ」

俺は彼女のことを思い出す。

美しく、聡明なエルフの女性だった。

三十六になった今でも、彼女のことは忘れられない。

さすがにあの人と別れてから十数年経っているので、顔の細部までは思い出せない。

写真のように映像を残す媒体は、この世界にはないのだ。

それでも、彼女が美しかったこと。

彼女が教えてくれた数々のこと。

そして……彼女へ抱いた思いは、消えていない。

「今の俺があるのは、そのエルフの先生がいてくれたからなんだ」

するとケインは俺の表情を見て、なるほどとうなずく。

「もしかして初恋の相手だったりします？」

鋭い。さすがイケメンだ。

「そうだな。初めて好きになった女性だよ。……ま、ふられたんだけどな」

苦い思い出であり、いまとなってはいい経験だったと思う。

苦い経験があったからこそ、俺は精神的に成長できたんだと思う。

……けど、未練がないと言ったらウソになる。

俺はあの人に、ちゃんとお別れの言葉を言えなかったからだ。

「……なるほどなぁ」

ぼんやりしていた俺を見て、ケインが微苦笑する。

「こりゃマチルダ、強敵あらわるだ」

「ん？　どうした、いきなり」

「いえ、なんでも。ただジロさんの心の中には、その先生の教えとともに、その人が今でも住んでるんだなと思いまして」

文学的で抽象的な表現だったが。

まあ、その通りかもしれないなと思った。

「ジロさんが恋人作らない理由がわかったかもしれません」

ケインが苦笑しながら酒をあおる。

「作らないというか、俺みたいなおっさんのこと好きになってくれるやつなんていないだろ。おまえと違って顔も並以下だし」

するとケインが、苦笑して、

「謙虚だなぁジロさんは。あなたのファンって人結構いますよ」

「え、そうなのか？」

「はい、それもとっても近くにいます。気づいてないんですか？」

俺のファン……か。

それもとっても近くにいると。

「まさか……」「そうそうそ」「け、ケインおまえ男もいけるのか？」

するとケインは、はぁあああ……と重くため息をついた。

「……マチルダ、これはそうとう、苦労するなぁ」

「何のことだ？」

「いえ、なんでもありませんよ」

そうしてケインと話していると、ほかの連中がこっちのテーブルにやってくる。

俺は彼らとともに酒を飲む。

送別会は、深夜近くまで続いたのだった。

☆

送別会でしこたま酒を飲んだ俺は、ケインに肩を貸してもらい、宿屋へと帰ってきた。

ケインに礼を言ってベッドに横たわる。

すぐに睡魔が襲ってきて、俺は暗闇に身をゆだね……そして。


……夢を、見ていた。

『さっ、ジロくん。もう一度やってみようか』

『うんっ、わかったよ先生』

たぶん子供のころの出来事だろう。

場所は、俺の故郷である村の近くの、小さな森の中。

俺は先生と一緒に、森へとやってきていた。

なぜかというと、俺の中に宿っている力、複製スキルの練習をするためだ。

『大切なのは魔力を意識すること。丹田……おへそのあたりに意識をもっていって』

『うん……』

『魔力を感じたら、あとは複製したいもののイメージを固めるの。あ、でも生き物とか食べ物は複製しちゃだめよ。複製に大量の魔力がいるみたいだからね。魔力切れで倒れたら大変だもの』

俺は子供のころ、【とある出来事】がきっかけで、自分のなかに特別な力が芽生えた。

だが使い方がまるでわからなかった。

そこで村で一番頭のいい先生の指導のもと、スキルの特訓が開始された次第である。

先生との訓練は、俺にスキルが発現してから何度も行われた。スキルを使ってできること、できないことは、このときの先生との特訓で把握したのだ。

『でも先生。どうして生き物の複製に魔力がいっぱいいるの？』

『うーん、たぶん分子構造が複雑であればあるほど再現に魔力が必要なのかも……って、ごめんね、難しかったね』

『ううん、ぜんぜん！　さっぱりわからなかったけど、大丈夫！』

別に先生の話についていけなくても良かった。ただ先生と一緒にいられることが、うれしくって仕方なかった。

……夢の中に、彼女が現れてくれて、うれしかった。

……飲み会の時に、先生の話題を出したからだろうか。

特訓する俺に意識を戻す。

幼い俺は、スキルを発動させようとしている。

ただイメージと言われても、まるでわからなかった。

『焦らなくていいわ。今ジロくんがほしいものを思い浮かべてみて』

『欲しいもの……？　先生！』

『まぁジロくんってば、おませさんなんだから』

ふふ、と大人の笑みを浮かべて、先生がしゃがみ込んで、俺の額をつんと指でつつく。

『ありがとうジロくん。冗談でも先生うれしいわ』

『冗談じゃないよ！　おれ、先生大好き！　スキルが成功したらけっこんしてくれっ』

……若いなと苦笑する俺。

……ほんと、小さいころは無敵だったよな、怖いもの知らずっていうか。

『ふふ、じゃあジロくん。スキル発動できたら、考えてあげましょうか』

『ほんとっ！　よーし！』

幼い俺は発奮して、全力でイメージを固める。

欲しいもの、と言われてもやはりわからない。

だから俺は発想を変えた。

あげたいものを、イメージする。

すると手に光が集まる。へそのあたりにあった魔力が熱を帯びて、手から放出される。

光はやがて形を作る。

それは……一輪のバラだった。

『できた！』

真っ赤なバラをもって、幼い俺は大喜びする。

『すごいわジロくん！　天才よ！』

先生が喜色満面で、俺のことをハグしてくれる。

大きくて柔らかい乳房の感覚に、くらくらした。

先生に花をあげたかった。じゃあどんな花がいいかと頭を、一生懸命悩ませていたら、いつのまにか複製が成功していたのである。

『えへへっ、これで先生、おれとけっこんしてくれるんだよねっ！』

先生から離れて、幼い俺が言う。

『そうねー』

んー、と先生が形のいいおとがいに指をそえて、考え込んでいる。

『まさかウソとか言わないよね！　……それとも、おれのことをきらい？』

不安げに幼い俺が尋ねると、あわてて先生が首を振る。

『違うのよ！　ジロくんのことは好きよ。ただ……』

先生は自分の耳を触る。長いエルフの耳にふれて、つらそうに顔をゆがめる。

『ただ？』

『……いや、そうね。優しいあなたなら、もしかして』

小さく微笑むと、先生は俺を見て言った。

『じゃあこうしましょう。大人になってもジロくんが、先生のこと覚えていて、そのときでもまだ先生のこと好きだったら、そのときは結婚しましょう』

幼い俺は、その答えに、大いに喜んだ。

『ほんとっ？　ほんとっ？』

『ええ、本当よ』

『ウソついたら怒るからねっ！』

……本当にうれしそうに笑っている、幼い俺。

……しかし、世界が暗転する。

……次の場面は、村のなかだった。


『先生！　どこいったんだよ、先生！』

幼い俺は、村中を走り回っている。

あるとき、憧れの先生が、忽然と姿を消したのだ。

村中を捜し回っても、彼女を見つけることができなかった。

『ねえ先生は？　先生はどこにいったの？』

おとなに理由を聞いても、誰もが、

『知らない』

『わからない』

と答えた。

『本当に知らないの!?　ねえ!?』

俺が引き下がらないと、みな不快そうに顔をゆがめて、俺のことを蹴ったり殴ったりした。

『あの女のことは二度と口にするな』

『そうだ！　あの偽物のことは忘れろ！』

と、憎しみのこもった言葉を添えて。

最後に俺は、村のことなら何でも知っている、村長のもとを訪ねた。

村長も大人たちと同じように、憤りを隠すことなくこう言った。

『あのエルフ女は偽物だった。純血を騙ったまじりものだったんじゃ！』

村長はそれ以上何も言ってこなかった。

手がかりなんて何もなかったので、結局俺は先生を捜すのをあきらめるほかなかったのだった。

……楽しい夢から一転しての悪夢。

……しかしその悪夢も、朝起きてしばらくすれば、内容を忘れてしまったのだった。

☆

なじみの宿屋で目を覚ます。

昨日は結局日付が変わるまで飲んで騒いだ。

仲間たちとは昨日のうちにお別れを済ませた。あとはここを去るだけだ。

世話になったオーナーのおやじにあいさつをして、俺は宿屋を出た。

時刻は九時頃だろうか。普段は八時には起きていたのだが、昨日で冒険者を引退したので、ちょっぴり寝坊したというわけだ。

街を出て行こうとすると、門の前でケインとマチルダに出会った。

「おまえらなにしてんだ？」

「何って、見送りですよ」「ですですっ」

当たり前ですよみたいな感じでケインが言って、マチルダはこくこくと強くうなずいた。

「見送りっておまえらなあ。別に今生の別れってわけじゃないのに。大げさだな」

それでもこんなおっさんのことを気にかけてくれる若者二人に、俺は心の中で感謝する。

「いやでも当分は帰ってこないでしょう？」

まあな、とうなずくと、マチルダがぎゅーっと下唇を噛んだ。

ケインはぽん、と彼女の肩を叩くと、

「それで、ジロさんはこれからどうするんです？　湯治に行くっていってましたよね」

「ああ。天竜山脈の近くの、温泉街へ行ってみようと思う」

とは言っても天竜山脈は活火山であり、あちこちに温泉が湧いている。温泉街といってもたくさんあるのだ。

「どこか良いとこ知らないか？」

「ああ、じゃあこっからだと【ズーミア】とかいいですよ。あそこって神経痛にきく温泉が湧いてるっていうし」

「なるほど、今の俺にぴったりのところだな」

俺は負傷している左手を擦（さす）りながら言う。

「じゃあそこにいこうかな」

「ええ。あ、でも気をつけてくださいね。ただでさえ今大金持ち歩いてるんですから、街へ行くまでも、街に着いてからも金の取り扱いには十分気をつけてください、特にジロさん人がいいから、困ってる人にほいってお金あげそうで心配です」

ケインが心配そうに眉を八の字にする。

「気をつけるよ。といっても、まあそんな大金をほいってあげるようなことなんて、ないと思うけどな。いろいろアドバイスありがとう」

俺はそう言ってケインと握手する。

ケインは手をほどくと、

「ほれ、マチルダ」と隣でガチガチになっていたマチルダの背中を押す。

「あ、あのあの……えっとえっと……その、その……」

マチルダは顔を真っ赤にして、きょろきょろと視線をせわしなく動かす。背後でケインが「いけいけがんばれ」と小声で何か言っていた。

きゅっ、とマチルダは意を決したように下唇を噛むと、

「ジロさんっ。あの……わたし、わたし……す、すきっ、すきっ、です！」

となんか突然にそんなことを言ってきた。背後でケインが「よくやったー！」となんかうれしそうにガッツポーズしている。

しかし好き、か。こんな美少女に好きって言われて、男としてすごくうれしい。

だがまあ、あれだろ？

人間として好きってことだろ。

ラブじゃなくてライク的な好きってことだろ、わかってるわかってる。

マチルダは昔からの顔なじみだ。俺にとってこの子は妹みたいなもんだ。向こうも俺を兄として慕ってくれている。

好きとは人間として、妹として、兄のことが好きだよと言いたいのだろう。

「ありがと、マチルダ。俺もおまえたちのことが好きだよ」

「わ、わ、や、やった！　やったよケインわたし……。おまえ、たち？」

喜色満面だったマチルダの顔が一転、きょとんと目を丸くする。

「ああ、おまえとケイン、俺にとっておまえらは大事な弟と妹みたいなもんだ。大切だし、好きだよ、おまえらのこと」

ケインも幼少期から俺のことを兄として慕ってくれている。そんなかわいい弟妹のことを、俺は大事に思っている。

「…………………………」

「マチルダ、どんまい」

なぜだか落ち込むマチルダに、ケインが同情するように、肩をポンポンと叩いた。

「うう……お兄ちゃんの、ばかー！」

そう言ってマチルダが背を向けて走り去っていく。

「……俺、何か気に障ることしたかな？」

だとしたら申し訳ない。

しかし、心当たりがまるでないので、謝ろうにもどう言えばいいのか……。

するとケインは苦笑して、

「してないですよ」

「いやでもバカーって」

「まあ、いろいろあるんですよ、マチルダほら、女の子ですから」

いろいろってなんだろうか。おっさんの俺には若い子の、特に若い女の子の考えていることはわからない。

「あ、でもジロさん。勘違いしないであげてください」

慌ててケインが首を振って言う。

「勘違い？　何を？」

「マチルダが、あなたのこと嫌いになったわけでは、決してないって」

「そうかな？」

「そうですよ。でなきゃ見送りになんて来ませんってそもそも」

そうだろうか……。わからん……。

女性心理のわからない俺は、イケメンで女性の扱いに俺より長けているだろう、ケインの言葉をうのみにするしかなかった。

それはさておき。

「それじゃ、ジロさん。お元気で」

「ああ、おまえらも達者でな」

「飲む約束忘れないでくださいよ。あと……帰ってきたら少しはマチルダのこと、女として見てやってください」

それじゃあ、と言ってケインが頭を下げて、踵を返し、街へと戻っていく。

「……女としても何も、マチルダは最初から女の子だろ？」

ケインがいなくなってから、ハテと首をかしげる。

最後のケインのセリフ、あれはどういう意味なのだろうか。

まあ、次に飲むときにでも聞くとしよう。

「さて、出発しますか」

こうして俺は冒険者を引退し、第二の人生に舵を切ることになった。

2話　善人、恩師と再会し、借金を肩代わりする

冒険者を引退した俺。
左手の傷を癒やすため、温泉街【ズーミア】へと向かうことになった。
「良い天気だなー」
ズーミアまでの街道を、俺はひとり歩く。
馬車を使っても良かった。
だが話を聞くに、ズーミアまでは歩いて半日くらいで到着する距離らしい。
馬車を使ったらそれこそ、数時間でついてしまうだろう。
せっかく天気もいいことだ。歩いて街へ行くことにしよう。
平日の朝ということで、街道を通る人は少ない。
みんなもっと早朝から動いているのだろう。
こんな朝とも昼とも言えない時間に、てくてく歩いているのは、俺くらいなものだ。
急ぐ旅程ではないことだし、しばらくのんびり歩くことにした。
やがて森にさしかかる。

確か【ソルティップ】とか言う名前の、そこそこ深い森だった気がする。

モンスターが出ることを一応は警戒して、俺は魔法を使うことにする。

俺は左手を差し出して、特殊技能（スキル）を発動させる。

「【複製】開始→魔法→無属性魔法【探査（サーチ）】」

左手に魔法陣が出現する。

魔法陣からは魔力でできた波紋のようなものが出現し、周囲に広がる。

この魔法は周囲５㎞内に生体反応があるかどうかを知らせてくれる無属性魔法だ。

ちなみに無属性魔法とは、基礎となる火・水・土・風・光・闇の六属性のどれにも当てはまらない魔法のことを指して言う。

無属性魔法を使える人間は限られており、さらに使い手もひとりにつき一つしか、無属性魔法を持っていない。

俺は【複製】を持っているから、こうしていくつもの無属性魔法を使えるのだ。

【探査】によるとモンスターの反応はなかった。

しかし別の反応があった。

「……動物多数。人間が俺以外に二。それで、亜人が二……か」

亜人。亜人間とも言う。人間以外の知性のある生命体を指して言う。

エルフとか獣人とか、そういう連中のことだ。

亜人は昔からこの大地に住まう種族であり、珍しくはない。俺の拠点だったカミィーナの街にもエルフやドワーフはいた。

「しかしなんだってこんな森の中にいるんだ？」

人間ふたりと亜人ふたりは、同じ場所、ここからそう離れていない場所にいた。

普通に考えるなら、彼らは冒険者のパーティってことになるだろう。

採取クエストで、ここに来たと考えるのが妥当か。

冒険者パーティならば、まあこのまま出くわしても問題ないか。

軽くあいさつをして通り過ぎるとしよう。

そう思いながら歩いていると、遠くの方から言い争う声が聞こえてきた。

「なんだ？」

進行方向から、女の子の声が聞こえてくるじゃないか。

「放してっ！　放しなさい！」

「うるせえなあ獣人のガキが！！！」

……どうやらトラブルのようだった。

声の主らは、おそらく先ほど【探査】した人間と亜人たちだろう。

声のする方へと歩いて行くと、そこには三十代くらいの人間の男がふたり。

そして……亜人の少女が、ふたり。

ひとりは、赤毛の獣人。

幼い体つきだ。短パンにヘソ出しのシャツという、結構大胆な衣装を身に纏っている。

頭からは猫耳が、おしりからはかわいらしい猫のしっぽが生えている。気の強そうな瞳をしていて、爛々と黄金色に輝いている。

もうひとりは……金髪のエルフだ。

先ほどの獣人少女と違い、こちらはグラマラスな体型をしている。

粗末なシャツにスカート、そしてエプロンといった、家政婦のようなかっこうをしている。

長く美しい金髪。海を想起させる青い瞳。そしてエルフの特徴である長い耳。

……それにしては、ちょっと耳の長さが足りないような気がした。

昔エルフを見たことがあるのだが、少女の耳は、長さが半分くらいしかなかった。

獣人の少女が男の腕をつかんでいる。

そして、言った。俺の運命を変える一言を。


「コレットを放しなさいよ！」


その瞬間。

俺の呼吸が、止まった。

……比喩ではない。本当だ。

本当にその一瞬だけは、息をするのを忘れてしまっていた。

俺は呆然と、眼前のエルフ少女に見入る。

……いや、まさか。そんな。

そんな偶然、あるのだろうか？

金髪のエルフは、珍しくない。

だがそこに同名という条件が加われば、どうだろうか。

頭の中の冷静な部分が、そんなわけないだろ、そんなのただの偶然の一致にすぎないと、ささやく。

しかし俺の体は震えていた。

歓喜に……打ち震えていた。

胸の奥底で眠っていた思いが目を覚まし、喝采を上げているようだ。

合縁奇縁に、奇跡の到来に、俺の体が、勝手に狂喜乱舞しているようだった。

……先生。

あなたは、まさか本当に……？

「コレットを放しなさいこの腐れ外道！」

少女の声に、俺は我に返る。

コレットを連れて行こうとする男を、あの獣人少女が止めようとしていた。

「外道はどっちだ。金を返さねえおまえらが悪いんだろうが」

それに、と男が獣人少女をにらみつける。

彼女の手は、男の腕をつかんでいた。

「汚え手でさわんじゃねえよ獣混じりが！」

獣人少女の腹めがけて、男が蹴りをかまそうとする。

勢いよく振り上げられた脚が、少女の細い体へと吸い込まれていく。

「アムっ！！！」

「……っ！！」

獣人少女が目を閉じる。

男の蹴りが炸裂する……。


……パシッ。


その前に、俺は男の蹴りを、手で受け止めていた。

「あ？　なんだぁ、てめえ？」

男がぎろり、とにらんでくる。

俺はパッと手を放す。

「いきなりすみません。ただ事情はどうあれ女の子に手を上げるのはどうかなって思うんですよ」

「はぁ？　何言ってんだおっさん？」

二人組のうち舎弟らしき男がそう言う。

俺は男を無視して、獣人少女に語りかける。

「大丈夫か？　けがはないか？」

「え、あ……うん。だい、じょぶ……よ」

ぽーっと少女が顔を赤らめて、素直にうなずく。

その近くでエルフ少女……コレットがホッと安堵の吐息とともに、その場にへたり込んでいた。

俺は獣人少女のそばを離れて、コレットのそばへ向かう。

「大丈夫、ですか？」

俺はすっと手を伸ばす。

コレットは戸惑いながらも、俺の手をつかんできた。

「はい、大丈夫です……」

俺は至近距離にあるコレットの顔を凝視する。

やっぱり、そうだ。

この金髪。海のように澄んだきれいな瞳。

古い記憶が掘り起こされ、本能が叫んでいる。

彼女が、そうだと。

この子が、彼女だと。

「……似てる。似すぎてる。やっぱり」

「あの……似てるって？」

と、そのときだった。

「おまえさんよぉ、俺たちに何の用だ？」

二人組のうち、兄貴らしき方が俺をにらみつけてくる。

「こっちは取り込み中なんだよ。よそものはすっこんでな」

兄貴がすごんでくる。が、俺は怖くなかった。

モンスターと比べたら、かわいいものである。

「すみません。ただ、何かトラブルでもあったのかなっと思いまして」

男と話しながら、俺はちらりと、コレットの方を見やる。

コレットは俺の登場に困惑しているようだった。

俺を見ても……しかし彼女は何も言ってこない。

……仮に先生＝コレットだったとして、俺がジロであるとは彼女は気づかないだろう。あのときから数十年経過して、今では俺はおっさんだからな。

「おまえには関係ねーよ」と兄貴。

「かもしれません。が、この状況を俺は見過ごせません。あなたたちは何者ですか？　人さらいかなにかだったら、余計にこの状況を看過できないよ」

すると兄貴らしき男は、忌々し気に俺をにらみつけると、

「俺たちはただの金貸しだよ。そんで、この女は俺らのところから金を借りた。期日までに借金を返せなかった。だから金の代わりにこの別嬪(べっぴん)エルフを連れていく。人さらいでもなんでもねえよ」

なるほど……。

そういう状況だったのか。

しかしコレットが借金？

いったい何のために、金を借りていたのだろうか？

考える俺をよそに、舎弟の男が、

「おら、こいエルフ女！　来るんだよっ！」

コレットの腕を乱暴につかむと、そのままぐいっと引きよせる。

「あっ……！」

コレットと目が合う。

……やっぱり、この目は先生の目だ。

大きくて、宝石みたいにキレイな……俺の大好きだった目。

俺は確信した。この子が、俺の恩師のエルフであると。

そしてその子が今、困っている。

なら、やることは一つだけだ。

「待ってくれ」

俺は兄貴に声をかける。

「金のトラブルなんだろ？　良ければ具体的な話を聞かせてくれ」

「ああん？　だからおまえには関係ねえって」

「金貨一万枚」

俺は背中のリュックの中から、革袋を取り出す。

兄貴がそれを見て体を硬直させる。

「ここに金貨が一万枚入ってる。俺ならその金を肩代わりしてやれる。どうだ？」

突然のことに兄貴も、舎弟も、そしてコレットすら困惑顔をしていた。

まあそうだよな。

見知らぬ男から急に借金を肩代わりするとか言われたらな。

「……確かにこの女の働く孤児院は、俺たちから借金をしていた。利息を合わせて、金貨一万枚」

と兄貴が俺を見ながら、コレットたちの抱える事情を話す。

孤児院。

そうか……孤児院を経営していたから、金が必要だったのか。

しかも金貨一万枚とは。

なんという偶然だろうか。

「じゃあ都合良いじゃないか。これでこの子の借金はチャラだ」

俺は兄貴にぐいっ、と金貨を押しつける。

「あ、兄貴ぃ～。どうします？」

「……だまってろ」

兄貴は眉間にしわを寄せながら革袋と、そしてコレットとを見やる。

「……中身を確認させてもらう。異論はないな？」

「構わない」

俺がうなずくと、兄貴は舎弟を連れて、俺たちから少し離れる。

「ふぅ……」

「あの……」

するとコレットが、俺を見上げながら話しかけてきた。

……先生って、こんなに小さかったんだな。

「どこのどなたか存じませんが、結構です」

コレットは俺を見据えてそう言った。

そこには確かに、疑念の色が見て取れた。

そりゃそうか。

いきなり見知らぬ男が出しゃばってきて、借金を肩代わりしてきたら、誰でも不審がるよな。

「私たちの問題は、私たちが解決すべきです。あなたの善意は大変うれしいですが……」

俺はコレットの言葉を遮るように、言う。

「お久しぶりです、先生」

と。

「おひさし、ぶり……？　それに、先生……？」

何のことかわからないのか、コレットが首をかしげる。だろうな。

「先生……俺です。キソィナの村で先生に教えてもらっていた……ジロです」

予感はあった。

当たっているという予感と、間違っているかもという疑念の両方が。

けどやはり、こうして間近で見た先生は……俺の知っている、俺のあこがれの先生だった。

「ジロ……。ウソ……。ジロくん……？　ジロくんなの？」

コレットの目が驚愕に見開かれる。

そこに先ほどまであった疑念の色は消えていた。

「ウソ……ジロくん。本当……に？」

俺は先生……コレットを見ながら、うなずく。

そう、この人は。

この少女は。

俺の恩師であり思い人のエルフ、コレット先生なのだ。

☆

兄貴は金貨一万枚を持って帰ることにした。

とりあえず危機は去った、と見ていいだろう。

……良かった。

……本当に、良かった。

俺は大きく深く、安堵の息を吐いた。

「先生……ほんとうに、おひさしぶりです」

さっきと同じ場所にて、俺はコレットに頭を下げる。

「あいかわらずお綺麗で……というか初めて出会ったときと、まったく見た目が変わってませんね」

「……ええ、そうね。エルフ……ですから」

どうやらエルフと人間とでは、年を取るスピードが異なるらしい。

エルフは百年で、人間的に一歳年を取るという。

俺と別れてから二十年くらいだ。

人間換算では、あのときから一歳も歳を取っていないということになる。

コレットは俺が子供のときと同様、年若い少女だった。

十八歳くらいにしか見えない。

年上だと思っていたお姉さんが、見た目でいえばいつの間にか年下の少女になっていた。

なんとも不思議な感覚である。

「ジロくん……おっきくなったわねぇ……」

コレットが感じ入った声音で言う。

「先生も、その、おっきく……」

「おっきく？」

「いえ、なんでもないです」

俺はコレットの乳房を見ながら口ごもる。

くっ……！

どうして一切歳取ってないのに、胸だけはあのときから成長してるんだ！

いかんな……目が。どうしても目がいってしまう。

とそのときだった。

「ちょっとあんたっ！」

「え？」

ゲシッ！　と誰かが俺の脚を蹴ってきた。

「いってぇ……」

俺はしゃがみ込んで右脚をおさえながら、蹴ってきた相手を見やる。

赤毛の獣人……アムが、俺を見下ろしていた。

その目は怒りに燃えていた。

「い、いくらかっこいいから……じゃなくて！　恩人だからって、コレットに色目使ってんじゃないわよ！」

アムはコレットの体を抱き寄せると、ぎゅーっと抱きしめながら言う。

「コレット、大丈夫？　いやらしい目で見られて不快じゃなかった？」

アムは本気で心配しているのだろう。

眉を八の字にしながら、コレットに尋ねた。

「ううん、大丈夫よ、アム」

「ほんとう？」

「ええ、ほんとうよ。心配してくれてありがとう、アム」

ちゅっ、とコレットがアムの額にキスをする。

「ばっ、ばかっ……。しんぱいするのはとーぜんでしょ。コレットは……友達だもの」

ほおを赤らめつつ、アムが恥ずかしそうに目をそらした。

その仕草がかわいらしかったのか、コレットがきゅーっと抱きしめる。

「で……コレット。このへんたいは、だれなの？」

「変態っておまえ……」

「なに？　違うの？」

ぎろっ、とアムが鋭い目を向けてくる。

コレットから離れて、ふしゃぁと猫みたいに歯をむく。

しっぽがビーンと立って、警戒をあらわにしていた。

「いや、まあ、その……」

確かにコレットの大きな胸を凝視していたけれども。

「まあまあアム。恩人にそういう怖い態度見せちゃダメよ」

コレットは言い聞かせるように、アムの頭を撫でる。

「……コレットがそう言うなら、わかったわよ」

ぷくっとほおを膨らませながら、アムが不承不承という感じでうなずく。

どうもコレットとアムは、友達であり、仲の良いお姉さんと妹みたいな関係のようだ。

「ジロくん、改めてお礼を言うわ。助けてくれてありがとう」

「……その、あんがと」

ふたりの美少女が俺に向かって頭を下げてくる。気恥ずかしさがこみ上げる。

そして、確かな喜びもまた感じていた。

お世話になった先生に、恩返しができたのだから。

「……情けは人のためならず、か」

ほんと、今までその言葉に従ってきて良かったと思った。だって優しくしてきたことが、良いこととして、返ってきたのだから。

「…………」

「……なにニヤニヤしてるのよ?」

じろり、とアムが俺を睨んでくる。

「いや、別に」

「ふーん。ところで気になってたんだけど、あんた誰？　あたしたちのコレットのなんなの？」

アムはコレットを守るように前に立ち、俺をにらんでくる。まあアム視点では、俺は急に現れた身元不明のおっさんだからな。きちんと名乗っておこう。

「悪い、名乗るのが遅れたな。俺はジロ。冒険者をやっていた。コレット先生には昔、お世話になってたんだ」

俺はギルドカードを取り出してアムに見せる。

アムはカードを見て俺の身分を確かめ、

「コレット、ほんとうなの？」

とエルフ少女に俺の発言の真偽を確かめる。

「ええ、ほんとうよ。ジロくんは、昔、私が住んでいた村の住人。生徒で、お友達だったわ」

コレットの言葉をアムは信用したらしい。俺への警戒レベルを幾分か下げてくれた。

……しかし、ちょっと落ち込むな。友達って。生徒って。まあ、うん、しょうがないか。向こうからしたら、俺は生徒だもんな……。

「ど、どうしたのよあんた。お腹でもいたいの？」

「いや、大丈夫。心配してくれてありがとう」

見かけによらずこの猫娘は優しいのかも知れない。そう言えば友達(コレット)のことを身を挺してかばっていたしな。

「ばっ、べつに心配なんてしてないわよっ。なにかってに勘違いしてるのよっ！」

ふんだ、とアムが顔をそらす。

「……先生、俺嫌われちゃいましたかね」

隣にいるコレットに尋ねると、彼女は、

「そんなことないわ。アムは結構人見知りするタイプなのよ。なのに初対面のジロくんと普通に会話してる。気に入っているのよ、あの子」

うんうん、とコレットがうなずいている。

「バッ……！　ち、ちがうわよっ！　別に友達を助けてくれたあんたに感謝とかしてないしっ！　気に入ってもないしっ！」

ぴーんっ！　とアムのしっぽが立つ。

「あらあら～。へぇアムってジロくんみたいな子がタイプなのね。そっかー、年上好きかー」

「ちちちち、ちがうわよっ！　もうっ！　もうっ！　コレットのいじわるっ！」

くすくすと笑うコレットに、アムが食ってかかる。

「ごめんねアム。あなたをからかったわけじゃないの。ただそうなんじゃないかなーって勝手に思っただけよ」

「ふ、ふん……。別にいいわよ。べつに、こいつのこと、あたしなんとも思ってませんけどねっ！　ふんだっ！」

アムはぷくっとほおを膨らませると、俺から完全にそっぽを向いてしまった。

ううむ、嫌われたっぽい。

コレットは違うって言ってたけど、どうなんだろう。

「ジロくんもてもてね～。うらやましいわ、このこのっ」

コレットが茶化すように俺の脇腹をつついてくる。

「あ、あはは……光栄です……」

しかしなんだろう、なんか悲しい……。

わかっちゃいたけど、先生からしたら、俺は昔の生徒のままなんだよな。

異性と思われていないんだろう。

……異性と思われていなくて、悲しい、か。

やっぱり、俺は今でも、先生のことが……。

「ところでジロくん」

コレットが俺を見上げながら言う。

「なんでしょう?」

真面目な顔でコレットが言う。なんだろう?

「このあとって時間、ある?」

「大丈夫ですよ」

「そう……なら、ちょっとウチによってくれないかしら? 色々あなたと話したいことがあるの」

ウチに……え、コレットの家に行って良いのか?

そのまま良い雰囲気になって……と思ったけど、どうやら違うらしい。

コレットの様子がちょっとシリアスに傾いていた。

真面目な話をするみたいだ。

「いいですよ」

「良かった。じゃあいつまでもここで立ち話してるのもあれだし、さっそく行きましょう」

ということで、コレット先導のもと、俺は彼女の、いや、彼女たちの【家】へと向かった。

森を歩くこと数十分。

開けた場所に……それはあった。

「古い……教会、ですか？」

木造の教会だった。……とは言っても、とてもおんぼろだ。

周りの雑草は生え放題。建物の壁は割れている箇所が目立つ。

塗装などされていないので、遠目にみると廃墟にしか見えない。井戸もあるみたいだが、屋根は壊れているし、ロープも切れていた。おそらく水が枯渇しているのだろう。

「もとは教会だったものを、孤児院として使っているの」

「孤児院。ここが……」

と、そのときだった。

「おねーちゃーん！！！」

「まみー」

「まま！　おかえりなのです！」

建物の中から、小さな子供たちが出てきた。

数は三。

全員が幼く、幼女と言ってもいいくらいの子供たちだ。

「あっ！　しらないひとです！　こんちゃー！　おっちゃんだれです？　ぼくはキャニスってんだ、ですっ！」

真っ先に俺に話しかけてきたのは、元気良さそうな、犬耳の少女。

やたらとフレンドリーだった。犬耳の幼女は俺に会うなり、俺の脚にしがみついてくる。

「…………」

次に俺に興味を示したのは、ちっこいきつね耳を生やした、銀髪の少女だった。

「じー……」「…………」「じー…………」「な、なにかな？」

きつね幼女は俺の目をじいっと見つめていた。

じーとか口に出しているし、なんかちょっと変な子だ。

その子はしばらく俺を見やると、

「ぐぅ」

と言って、親指を立てた。そしてキャニス同様、俺の脚にしがみついてくる。

「ぐあい、よい」

ぐっ、とまた親指を立ててくるきつねっこ。

「ゆーあー、だれ？」

「俺？　ジロ」

「ほう、ぐっど」

ぐっ、と親指を立てるきつね娘。なにそれきめポーズなのか？

「みー、コン」

親指で自分を指して、きつね娘がそう言う。

「コン？　それがおまえの名前か？」

「そー、いえーす」

ぐっ、と親指を立てるコン。ふしぎちゃんみたいだ。

で、残りはと言うと……。

「ひぃっ！」

その子は俺と目が合うと、「ままー！」と言ってコレットの胸にぴょんっと飛んだ。

その子は結構ちっこかったのだが、コレットの胸まで、一直線に跳ぶ。すごい跳躍力だ。

よく見るとその子は、ウサギの獣人だった。

跳躍力がすごいのはウサギだからか、それとも飛び上がるほど怖かったのか……。どちらかというと後者のように思えた。

コレットはウサギ少女を抱きしめ、よしよしと頭を撫でる。

「あらまあどうしたの、ラビ？」

「しらないひとがいるのです！　らびはこわいのですっ！　こわいよぅ！　ふえええええ！」

ぶるぶるぶるぶる、とラビと呼ばれたウサギ幼女がそう言う。

「怖いって俺のこと？」

「ひぃっ！　ままー！　うえええええええええええん!!」

……ううむ、この子にはずいぶん嫌われてしまったようだ。というか臆病なのかな、この子。

「この子たちは……この孤児院で暮らしてるんですか？」

俺がコレットに尋ねる。

「そうだぜー、ですっ！」

「みー、とぅー」

俺に抱きつきながら答える、やたらとフレンドリーな犬耳幼女ときつね耳幼女。

「そう、このアムと私を含めて五人で生活してるの」

コレットはラビをよしよしとあやしながら答える。その姿は確かに、孤児院の先生だった。

「そっか……先生、ここでも先生やってんですね」

俺の言葉に、コレットは苦笑しながらうなずいたのだった。

3話　善人、狩りへ行ってお肉を取ってくる

恩師コレットの経営する孤児院へとやってきた。

「なーなーおめー、くいものもってねーですっ？」

孤児院のリビングらしい場所に通された。

外もそうだったが、中もボロかった。床が抜けている場所が多々見受けられる。

天井も穴だらけだ。雨漏りし放題だろう。

家具なんてテーブルとイス以外になく、イスも座っているだけでガタガタとする。

コレットはお茶を入れるからと言ってリビングを出て行った。

ここには俺と、犬耳少女のキャニス、そして、

「くいもの、ぷりーず」

きつね耳少女のコンだけが残された。

「なーなー、おにーちゃーんっ、たべものもってないですー？」

キャニスが俺の右脚にしがみつきながら、そんなことを聞いてくる。

ちなみにコンは俺の左肩に乗っかっている。

ウサギ耳のラビからは怖がられていたが、このふたりはやたらとフレンドリーだ。

「なんだ、おなかすいてるのか？」

「はらぺこー、ですっ！」

「はらぺこー、なう」

キャニスが元気よく、コンは平坦な口調のまま、同意を示す。

「ふむ……」

俺は子供たちを見やる。

キャニスは茶髪にふわふわとした犬耳が側頭部から生えている。

口から覗く八重歯がなかなかに愛らしい。

しかしほおが若干こけており、そして手足が棒のようだ。

きつね耳獣人のコンは、長い銀髪、眠たげに半眼になった金の目。

顔のつくりは整っており、なかなかに将来が楽しみな美少女だ。

が、キャニス同様にやせこけており、お尻から生えているしっぽの毛並みが悪い。

栄養状態が悪いようだった。

「じー……」

「…………」

「じー……」

「な、なにかな？」

肩に乗っているコンが、俺のことを凝視してくる。

コンは俺の耳元に鼻先をつけて、すんすんとにおいを嗅ぐと、「ほぅ……」と吐息を吐いて、

「けっこうな、おてまえ」

とよくわからないことを言った。うーん、ふしぎちゃんだな……。

その後コンはすんすんと俺のにおいを嗅いでは、ほぅと吐息を吐く。

「なーなー！　おにーちゃんてばー！」

「あ、ああごめん。えっと……食いもんだよな」

いちおう弁当、というか携帯食料と水は持っている。

だが携帯食料は、あまり美味くない。

粘土みたいな見た目で、粘土みたいな食感で、粘土みたいな味がする、実質粘土だ。

栄養はあるみたいだけどな。

事実キャニスとコンに携帯食料を見せたら、

「「ねんど？」」

と首をかしげた。だよなぁ。

「いちおうそれ食いもんなんだ。腹減ってるならそれ食べてもいいぞ」

キャニスとコンに、携帯食料をそれぞれ手渡す。

「やったー、ですっ!!」

「うぇーい、うぇーい」

ふたりはいそいそと包み紙をやぶり、はぐはぐと食べる。

たべて……微妙な顔になる。

「まじー、です！」

「こいつぁ、ひでぇや」

よほど美味しくないのか、ひとくちたべただけで、ふたりの耳がぺちょーんと垂れた。

「まずいなら残して良いぞ？」

俺はキャニスたちから携帯食料を回収しようとしたが、

「ううん、ですっ！」

「のこさずくわないと、せいさんしゃにもうしわけないからね」

獣人たちがぎゅるるるる、と大きな腹の音を立てる。

子供たちは猛烈な勢いで、まずい携帯食料を食い始めた。

「あははっ！　まずいっ！　げろまずー、ですっ！」

「ぼそぼそでちょーまずい。けどくせになる。ふしぎ」

と言いながらも、あっという間に携帯食料を食べ終わってしまった。

「ぷはー！　くったくったー！」

「みー、とぅー」

ふへー、とだらしない顔で吐息を吐く少女たち。

……まずい食料を、あんな勢いで食べていた。

それだけ食糧事情が危機的ということだろうか。

満足に腹を満たせていないようだしな。

「なぁコン、あのねんど、いがいとうまかったな、です」

「みためとなかみのぎゃっぷにびっくり。これがぎゃっぷもえってやつだね」

「ぎゃっぷもえってなんです？　おめーはいつもへんなことゆーなぁ」

「それがみーのきゃらですゆえ」

にこー、と笑う獣人たち。

……その笑顔を見ていたら、かわいそうに思えてきた。

借金があったんだ、食べ物は満足に食えなかっただろう。

美味い料理も食ったことが無いんじゃないか？

それでも……。

「コン、やべーです。このおにーちゃん、めっちゃいいひとっぽいです」

「それな」

「あっ！　ごはんもらったおれいいってなかったですっ！」

「それよ」

「おにーちゃんっ！　あんがとー、ですっ！」

「てんきゅーそーまっち」

子供たちは屈託のない笑顔を向けながら、食料をくれた俺にお礼を言ってくる。

まずしくても、この子らは鬱屈するのではなく、こうして明るく生きている。

コレットの教育が良かったのだろうな。

優しく育ててもらったから、こんなにふたりは明るくまっすぐ育ったのだ。

……そんな健気に生きる彼女らを見ていたら、気づけば俺は立ち上がっていた。

この子らに何かをしてやりたい、と心から思った。

「そんなもんより、もっと美味いもん食わせてやるよ」

☆

俺はコレットが戻ってくるなり、「ちょっと出てきます」と言って孤児院の外へ出た。

「さて……」

出発しようとしたそのときだった。

「ちょっとあんた」

と背後で俺を呼ぶ声がした。

振り返ると、そこには猫獣人のアムがいた。

短い赤毛、腰に手を当てるポーズ。

いかにも気の強そうな見た目だ。

「どこいくの？　コレットがあんたのためにわざわざお湯を沸かしてお茶作ってくれたのよ？」

この世界では火をおこすのも一苦労だ。

魔法を使える人間がいれば、一発でパッと火をおこせるだろう。

けど実際には魔法を使える人間は少ない。

コレットはエルフで魔法は使えるが、彼女は光魔法（回復術）しか使えない。

一般人がお茶を作るためには、水を汲んで、火をつけて、火加減を調整しなくてはならない。

つまり結構手間なのだ。手間暇かけて作ったお茶を飲まずに、おまえはどこへいくのかと、この子は詰問してきているのである。

「コレットが汗びっしょりになって作ったのに……さめちゃうでしょ、お茶」

ああ、この子もまた優しく育てられたのだろうなとふと思った。

この子は、俺がコレットの苦労をムダにしようとしたことに、怒っているのだ。

他者を思いやれる優しい子なのだろう。

「な、なによ。笑っちゃって」

「いや、コレットは良い先生だなって、改めて思ってさ」

はぁ？　と首をかしげるアム。

わからないなら別に良い。

というか、そうか。お湯を沸かしたのか。

ということは、火はおきているということ。

好都合だった。

「ちょっと近くまで狩りに行ってくるって、コレットに伝えといてくれないか?」

俺はアムを見ながら言う。

「狩り?」

「ああ。アムは狩りとかしないのか?」

「……無理。あたし、腕力ないから」

彼女の細い腕を見て、俺は得心する。

アムは猫の獣人だ。俊敏性はあるけど、動物を倒すほどの腕力はないと。

「わかった。じゃあちょっと行ってくる」

「ちょっ、ちょっとまちなさいよ!」

アムが腕を引いてきた。

「ひとりで狩りとかバカなのっ!?　あぶないわよっ!」

どうやらこの子、本気で俺の身を案じているみたいだった。

ほんと、他人を思いやれる優しい子なんだな。

「大丈夫。こう見えて俺、そこそこ強いからさ。それに狩りは得意中の得意だ」

俺はアムの目をまっすぐに見て言う。

彼女は黄金の瞳で俺を見つめ返してくる。

目は口ほどにものを言う。

俺の発言にウソがないかを、彼女は探っているのだろう。

やがて、

「……ウソじゃない、みたいね」

「ん、まあな」

ぱっ……とアムが手を離す。

「じゃ、行ってくるよ」

そう言って俺はアムに背を向けて、孤児院を後にする。

孤児院は森の開けた場所に建っていた。

数十歩歩くだけで、またあの深い森の中へと戻ってきた。

さて……。

「どうするつもりなの？」

「え？」

振り返るとそこには、アムがいた。

「おまえどうしているんだよ？」

「……別に良いでしょ。ただ、あんたが森でケガしたら、その……コレットが。そう！　コレットが悲しむから！」

だからケガしないように見張りにきたのだと、アムが続けた。

ほんと、優しいなあ、この子は。

「わ、わらうなしっ！　ばかっばかっ！」

げしげし、とアムが俺の脚を蹴ってくる。あまり痛くない。

むしろ子猫が甘噛みしてくるみたいで、くすぐったい。

……というか、今更だけどアムはいくつくらいなのだろうか。

コレットの言によると、キャニスたちより年上らしい。

けど結構小柄だ。

十代前半、中学生くらいだろうか。

「そ、それに……あんた。この森に詳しくないでしょ？　道案内もなく森をさまよって、帰ってこられるわけ？」

「あー……言われてみれば」

ここまではコレットの先導のもとやってきた。森にひとりで入って帰ってこられる自信はない。

「……あんた結構抜けてるわね」

「めんぼくない」

俺が軽く頭を下げると、

「ならほら、あたしが必要じゃないっ。ほら、いくわよっ！」

アムがうれしそうに笑うと、ずんずんと森の中に入ってく。

なんで上機嫌なんだ？　わからん……。

☆

アムと狩りを終えて、孤児院へと戻ってきた。

建物の外には、コレットが心配げに立っていた。

「ジロくん、アム。ふたりともどこへいってたの？」

両手を前でくんで、コレットが見上げてくる。ゆったりとした服に隠れていた巨乳が、腕に挟まれ、ぷるんと隆起した。

だめだと思っても目がいってしまう。

目線をそらしつつ言う。

「すみません、ちょっと森に行ってきました」

「森へ……？　いったいどうして……？」

首をかしげるコレットに、俺は肩にかけていた革袋を手渡す。

コレットが革袋と俺を見てくる。

袋を開けて……彼女の目が大きく見開かれる。

「これは……お肉じゃない。しかも【牛の中級肉】……レアアイテムよ、これ」

わなわな、とコレットが瑞々しい唇を震わせながら言う。

「こんな上等なお肉……どうしたの、ジロくん」

困惑する彼女に、俺は答える。

「狩ってきました。ワイルド・ブルを」

この森にはモンスターは少ないが、いないわけじゃない。

この森に長く住んでいるというアムは、モンスターのいる位置を把握していた。

最初は動物を狩るつもりだったけど、肉アイテムの方が美味いのである。

アムの道案内のもと、ワイルド・ブルの出るフィールドまで連れて行ってもらった。

あとはいつもの奇襲作戦で倒してきたわけだ。

ちなみに【複製】スキルは、
一回目　無属性魔法・【探査(サーチ)】（森に入る前に使っている）

二回目　無属性魔法・【滑(スリップ)】（ブルを転ばせた）

三回目　物体・銅の剣（心臓をひとつきし、とどめを刺す）

四回目　物体・革の袋（肉を入れてきた）

そして……五回目。無属性魔法・【素材化(マテリアライズ)】。

これでブルから【牛の中級肉】×五をゲットした。

「ねえコレットも聞いて！　ジロってすごいのよ！　あっというまにモンスターを倒したの！」

大興奮のアム。俺は後ろで沈思黙考していた。

おかしいのだ。

俺は【複製】を一日に四回しか使えないはずだ。

だのに、五回目の魔法を使っても、俺は倒れることはなかった。

俺はさっき、ブルを倒したところで、素材化はどうしようと迷った。

だがなぜだろう、四回目の複製を行っても、【まだいける】という予感があったのだ。

なぜだ？　なぜ急に複製を、限界を超えて使えたのか……？

「ジロくん……」

肉を手にしたコレットは、うれしそうにするのではなく、申し訳なさそうに眉を八の字にした。

「どうして借金ばかりじゃなく、お肉も？　どうしてそんなに優しくしてくれるの？」

コレットが聞いてくる。

俺の答えは、決まっていた。

迷わず俺は、堂々と答える。

「だって、【情けは人のためならず】でしょ？」

それは恩師(コレット)が教えてくれたことだった。

人に優しくしなさいと。

そうすれば巡り巡って自分に幸せが返ってくると。

俺はその教えを実行しているだけだ。

まあ、打算がないといったらウソになる。

けどその打算も、惚れた女に良いところを見せたいという、健全なものだと思う。

「先生が昔俺に優しくしてくれたから、こうして俺が恩を返している。それだけですよ」

コレットの目が大きく見開かれる。

やがてそれは細められて、目の端から涙がじわりとにじんでいた……ように思えた。

「ジロくん……覚えててくれたのね、私が教えたこと」

感じ入ったようにつぶやくコレットに、もちろん、と俺がうなずく。

「忘れた日なんて一日たりともありませんよ」

「そっか……うれしい。ちゃんと教えたこと、覚えててくれて」

きゅ、とコレットが胸の前で手を組む。

ほおが紅潮し、エルフ耳がぴくぴくとうれしそうに動いていた。

「それにあいつらに良い飯食わしてやりたかったんです」

「あいつら？」

コレットが首をかしげたそのときだ。

「まま－!!」「おね－ちゃ－ん！」「まみ－」

獣人幼女たちが、建物の中から、コレットのもとへと駆け寄ってきた。

「なにしてやがる、ですっ？」

「たのしそ－なふんいきをきゃっち。み－たちもまぜまぜして」

近づいてきた子供達を見て、コレットが笑顔で言う。

「そう、みんな聞いて。ジロくんがモンスターを狩って、お肉をとってきてくれたのよ」

すると子供たちが「「「お－！」」」と目をキラキラさせる。

「にく－！」

「おにくとってくるとは、やるねおぬし」

「おにくが！　たべられるのです！　たべられるのですー！」

子供たちのほおが紅潮している。

しっぽをぶんぶんぶん、と振って喜んでいた。

コレットは子供たちの笑顔を見やると、

「じゃあみんな、お肉とってくれたジロくんにお礼を言いましょうね」

子供たちは全員が、

「「じろくん、ありがとー!!」」

と声をそろえてお礼を言ってきた。

なんというか、気恥ずかしい。

「にくがくえる……じゅるり……」

「よだれがとまりませぬな。じゅるりじゅるじゅる」

「まえにおにくたべたのいつだろー。とってもうれしいのですー！」

子供たちがわいわいはしゃいでいる傍らで、コレットがすすっと近づいてくる。

「……ジロくん、ごめんね」

コレットが申し訳なさそうに眉を下げ声を潜めて言う。

「……借金の肩代わりだけじゃなくて、子供たちにも優しくしてくれて」

なんだそんなことか。

「気にしないでください。情けは人のためならずです」

コレットは淡くほほえむ。

それは幼い弟が、姉の言うことを覚えてくれていてうれしいみたいな、そんな雰囲気があった。

「ありがとジロくん。優しくてたよりになる、素敵な男の子になったね。先生うれしいです」

そう言われるのはうれしい。

うれしいんだが……やっぱりなんだか弟扱いになっていた。

弟、かぁ……。

ちょっとへこむな。

俺がコレットを見つめていると、

「…………」

げしっ、とアムが俺の脚を蹴ってきた。

「どうした？」

「…………べつにっ。ふんっ！」

アムが不機嫌そうにそっぽをむく。

一方でコレットの周りでは、涎(よだれ)を垂らした幼女たちが、瞳を爛々と輝かせていた。

「に、にく!?　おねーちゃんマジでこれにくなんです!?」

「まじ、りありー？」

「ほんとにおにく、ほんもののおにくなのですっ？」

獣人幼女たちの耳が、ぶんぶんぶんぶん！　と激しく動く。

「ええ、ほんとうよ。さっ！　今日はひさびさにビーフシチュー作っちゃおうかしらっ！」

コレットの宣言に、幼女たちは一瞬きょとんと首をかしげた。

「しちゅー？」

「びー、ふー……？」

「はわわ、びーふしちゅー……？」

一瞬の静寂のあと、

「「「びーふしちゅーだぁー！！！」」」

と歓声を上げる。

子供たちは手をつないで円陣を作る。

ぴょんぴょんぴょん、とその場で飛び跳ねながらくるくる回る。

「しっちゅー！」「しっちゅうー」「びーふしちゅー！」

子供たちの耳がふぁさふぁさぴくぴくと動く。

「にっくだー！」「にっくだぁ」「おーにーくだー！」

自作の歌を歌いながら、子供たちがわっせわっせ、とジャンプする。

目はキラキラと輝き、ぷにぷにのほっぺには赤みがさす。

「ぼく、いきててよかったです」

「みーもうまれてきていまちょーはっぴー」

「らびも……ぐすん、またおにくがたべられるなんて……ぐすん」

「お、おおげさよあんたたち……」

苦笑するアム。だが彼女もビーフシチューに喜んでいるみたいだった。

「さっそく調理に取りかかるわっ！　みんな、良い子で待ってなさい！　アムっ、手伝って！」

「んっ、おっけー」

そう言ってコレットとアムは、孤児院の中に駆け足で戻っていった。

あとには幼女たちと俺が残される。

「おにーちゃんっ！」

「にぃ」

喜色満面のキャニスとコンが、俺めがけて突進をかましてくる。

「おにーちゃんっ、あんがっとー、ですっ！」

「にぃ、てんきゅー、そーまっち。にぃ」

キャニスは正面から抱きついてきて、コンは肩に乗って頭をぎゅっとしてくる。

「コン、にぃってなんだ？」

「にぃ、ゆー」

おまえのことだ、とコンが俺を指さして言う。

「…………」

残されたウサギ獣人のラビが、おそるおそる俺に近づいてくる。

きゅっ、とラビが俺の腕を引いてくる。

「どうした？」

「あ、あのあの……えっと。ありがとう、なのです」

ぺこっ、とラビが頭を下げる。

「みんな、おなかぺこぺこだったのです。だから……ありがとう、なのです。にーさん」

それと……とラビが続ける。

「しょたいめんのとき、こわがって……ごめんなさいなのですっ！　にーさんっ！」

ぺこり、とまた頭を下げるラビ。ああ、この子もやはりコレットの子なのだなと思った。

恐がりだけど、素直な子なのだ。

「気にすんな。知らん人が来たら、誰だって警戒するもんだよ」

俺はそう言ってラビの頭を撫でる。

「はぅ～」

ラビがふにゃりと表情を蕩かせる。

「にーさんにこーされるの……きもちいいのですっ！」

ラビのふわふわとした髪の毛を撫でていると、

「あー！　ずりーぞぉ、です！」

「ぬけがけ、えぬじー」

ひょいっとキャニスとコンが俺から降りて、自分も自分もとせがんでくる。

「はいはい」

俺は獣人幼女たちの頭を順々に撫でてやる。

「お～。めっちゃくちゃくそきもちえーです～」

「ぐあい、ぱねえ～」

「はわわっ、ら、らびももっとなでてほしーです！」

ねーねー、もっとー、とせがんでくる子供たちの頭をいつまでも撫でたのだった。

4話　善人、大喜びする子供たちとシチューを食べる

森へ狩りに行き、上質な肉を手に入れた。

その肉を使って、コレットがビーフシチューを作ることになった。

彼女たちが料理している間、俺は獣人少女たちの相手をすることにした。

「おにーちゃんおっせーぞ!」

「そんなんじゃみーたちつかまえられないよ?」

「ぜえ……はぁ……ま、待ってくれって」

今やっているのは鬼ごっこだ。

こっちの世界にもあっちの世界の遊びが結構あったりする。

俺が鬼をやり、子供たちを追いかけている。

……なのだが、

「おいおいおにーちゃん、そんなおそいとひがくれるです」

「キャニス、しかたないよ。にぃはおそくない」

「そーです?」

「みーたちがはやいだけ」

なるほどー！　とキャニスがうなずく。

「おー！　そっかそっか。そーゆーこったな！」

「そー。みーたちしゅんそく。だからにぃかわいそう」

うんうん、とキャニスとコンがうなずきあう。

「だなー。わりーなおにーちゃん！　つぎはてぇぬいてやるです！」

「キャニスやさしいね。やさしさにあふれまくってる。かっこよい」

ぱちぱちとコンが手をたたく。キャニスが照れて頭をかいていた。

「はわわ、に、にーさんだいじょうぶなのです？」

俺の隣にラビがやってきて心配そうに見上げてくる。

「あ、ありがとうな……」

俺はラビの頭を撫でる。

「えへへっ」

すると「「あー！」」とキャニスとコンが大声を出す。

「ラビがつかまっちったです！」

「ラビ、あうとー」

「わわっ、そうなのです！」

確かに頭を撫でたことで、タッチしたことになってしまった。

「ラビがつかまったー！　くそお！　ラビ！　おめーのかたきはぼくたちがとるです！」

「みーたちぜんりょくをだす。ぬおおおお」

子供たちがやる気全開になってしまった。

獣人の俊足をいかんなく発揮し、俺が子供たちに追いつくことは不可能だった。

ややあって体力が底をつき、俺はその場に大の字に寝る。

「俺の負けだ」

するとキャニスとコンが、ラビに近づく。

「ラビ、ぼくらがかたきをとってやったです！」

「これでみーたちじゅうじんちーむのしょうりだね」

「ふ、ふたりとも……らびのために？」

「もちろん！」「みーたちふれんずだからね」

ぐっ、と親指を立てる子供たち。

「ふたりとも、ありがとー！」

わー！　と両手を上げるラビに、キャニスとコンも笑顔になる。

「みんな、はやいなぁ」

俺はあおむけに寝た状態で、子供たちに言う。

草がぼうぼうに生い茂っているため、肌に当たって若干痛かった。

「まーでもおにーちゃんも、なかなかやるです」

「みーたちとためをはるんだもん。ほこっていいよ」

キャニスとコンが、俺のそばにしゃがみ込んでくる。

しっぽで、俺の額の汗をぬぐってくれた。

「ありがとな」

「ぼくのほーこそさんきゅーな！」

「にぃがあそんでくれてたのしかった。まみーあしおそくて」

「そうなのか？」

「おっぱいばるんばるんだからなー」「ばいんばいんのせーでおそい」

なるほど、胸が大きいせいでそんな弊害が……。

「けどあそんでくれるおねーちゃんだいすきです」

「まみーがなんばーわん」

「で、でもらびは、にーさんも、ままとおなじくらい、だいすきなのですー！」

ラビの言葉に、キャニスはうーむ、と考えこむ。

「へいキャニス。どったん？」

「んー、なあコンきいてくれ。じつはぼくも……おにーちゃんをだいぶきにいってんだです」

「ほう、きぐーだね。みーもかなり、にぃがおきにめした」

「な！　な！　おめーもそうおもうだろ？」

にこーっと笑って、キャニスとコンが、俺の腕に頭をのせてくる。

ラビは場所がないからと、俺の腹に乗っかってきた。

「……………」

獣人たちとふれあって、俺はこの子たちに愛着を覚えた。

キャニスは人なつっこくてかわいい。コンはふしぎちゃんで言動がかわいい。

ラビは恐がりだけど、打ち解けたあとは結構俺にべったりと甘えてきてかわいい。

年長のアムも、口と態度は悪いけど、結構気遣いができる優しい子であることがわかった。

彼女たちはみな、孤児である。

けど全員が明るく、屈託がない。

一緒にいて楽しいと、出会って数時間しか経ってないけど、俺は素直にそう感じた。

「……………」

そして、ここには恩師であり思い人が働いている。

あの細腕で、四人の子供たちを育てているのだ。

その苦労は相当なものだっただろう。

俺の想像を遥かに上回る過酷さだったに違いない。

そんな彼女の……俺は、支えになりたいと思った。

ここにいたいと、そう思った。

どうせ冒険者は引退した身だ。

この先の予定なんて何も決めていない。

なら……ここで働きたい。

子供たちの面倒を見ながら、コレットのそばにいたい。

できれば、この先、ずっと……。

「にーさん？」

はっ、と我に返る。俺は裏庭に寝転んでいた。

ウサギ獣人のラビが、俺のお腹にまたがって、俺を見下ろしている。

「にーさん、どうかしたのです？」

「うん、いや……なんでもないよ」

ラビはそうですか……と言ってそれ以上は聞いてこなかった。

俺の胸板に耳を当てて、「はぅ……おちつくのです……」と気持ちよさそうに目を細める。

「にーさんのおと……すっごくおちつくおとがするのです」

「音？」

「はいなのです！」

ラビの長いウサ耳が、俺の左胸に当たる。

俺の鼓動にあわせて、ぴくっ、ぴくっと動いて面白い。

「あー！　ラビ！　ずりーぞてめー、ですっ！」

「のー、ばっど」

腕枕されていたキャニスとコンが、胸の上へと移動してくる。

「ぼくもおにーちゃんとくっつきてえ、ですー！」

「はげしく、どーい」

べたー、っとキャニスとコンが、俺にひっついてくる。

ふぁさっふぁさっとキャニスの犬耳が、コンのつんと尖った耳がピクピクと動く。

「あむあむ」とキャニスが俺の首に口をつけて、甘噛みしてくる。

「なにしてんだよおまえ？」

「あまがみです。そんなこともしらねーです？」

「いや知ってるけど……なんでやってるんだって意味」

「？　いみとかわかんねーです？」

どうやらそういう習性みたいだ。

「おにーちゃんはいいあじしてんなー、です」

「何の味を見てるんだ、おまえは」

キャニスのふわふわとした頭を撫でて言う。

「わふぅ～。もっとなでろやです～」

と犬っこが甘えてくる。

「すんすん、ふんふん」

キャニスの頭を撫でていると、逆側ではコンが、俺の首筋に鼻をこすりつけていた。

「で、コン。おまえは何を？」

「ぐあい、よし」

ぐっ、と親指を立てるきつね娘。

「いやだから……」

「ぐあい、よき」

「だからなんの……」

「よき、ぐあい」

……この子とコミュニケーションを取るのは、難しそうだなと思った。

前方にラビが、左右にキャニスとコンとがくっついている。

せわしなく動く耳やしっぽ。

そしてなめたりにおいを嗅いだりするしぐさをみていると、動物とじゃれている錯覚に陥る。

「なーなー、おにーちゃん？」

キャニスが小首をかしげながら言う。

「なんだ？」

「おねーちゃんはおにーちゃんのおんなです？」

「おい」

誰だよそんな言葉をこんな幼子に教えたやつは。

出てこいぶん殴ってやる。

「ちがうよ、コレットは……俺の先生だよ」

そして俺はコレットのなかでは、完全に生徒扱いされている。

俺は……違うんだがな。

「せんせー、です？　じゃあ、ぼくらとおなじ、です？」

「おそろ、おそろ」

にこーっと笑うキャニス。

コンはぴょこぴょこと耳を動かしていた。

「あの……あのあの、にーさん？」

ラビが不安げに眉をひそめながら、おそるおそる聞いてくる。

「きょうは、かえっちゃうのですか？」

くいくい、とラビが俺の服を摘まみ尋ねてくる。

「えーっ!!　かえっちまうの？　かえんなや、ですっ！」

「おかえり、きんし」

キャニスとコンが俺にしがみついて、いやいやと首を振るう。

「で、でもキャニスちゃん、コンちゃん、に、にーさんにもおしごととか、せーかつとかあるのです。あまりわがままいうのはいけないとおもうのです……」

ラビが諭すようにそう言っている。

三人は同じくらいの年齢のはずだが、ラビは少しばかり大人びていた。

「いや……仕事はこの間やめたよ。生活って言っても俺結婚とかしてないし、住んでいるところも引き払って今は今日の宿もない状態だ」

「じゃ、じゃあじゃあっ！」

とラビが手を組んで言う。

「う、うちにくるのは、ど、どうでしょうっ」

きゅーっとラビが目を閉じながら、顔を紅くする。

「おー！　いーじゃん、ですっ！　それすごくいーですー！」

「ぬし、てんさいか」

ぴょんっとコンとキャニスが俺の上からどいて、俺を指さす。

「おにーちゃんもいっしょにすめや、ですっ！」

「うち、かもーん」

どうやら獣人たちは、俺のことを歓迎してくれるみたいだ。

と、そのときだった。

「あんた、なにやってんのよ……」

孤児院からアムが出てきて、俺を見下ろして言う。

「ずいぶんこの子たちに好かれてるじゃない」

子供たちに囲まれている様を見て、アムがじろりとにらんでくる。

なんだろう。

アムは見たままを口にしているはずなんだけど、彼女の言葉にはトゲが含まれていた。

「いやまあ……おかげさまで」

アムは俺と、そしてじゃれつく子供たちを見て、俺に視線を戻す。

「はぁ………。なにいらついてんのよ、相手はちいさな子供じゃない」

なんか知らないが、アムが大きくため息をついて、小声で何かしらを言っていた。

「あ、あの……アムねーさん？」

「しちゅーっ、しちゅーはできたのかー！　ですっ！」

「はりー、はりー」

子供たちがアムに群がる。俺は体を起こして、アムのそばに立つ。

シチューを作っているはずのアムが出てきた。

イコール、料理ができたのだろうと、幼女たちは考えたのだろう。

「お待たせ。ついさっき完成したわ」

アムの言葉に、子供たちは顔を輝かせながら、

「「「わーーーー！！」」」

と建物の中に向かってかけだしていく。

「にくー！」「にくー」「にくなのですー！」

あっという間に建物の中に消えていった。

「みんな肉に食いつきすぎだろ」

「しょうがないわよ、めったにお肉なんて食べられないんだから」

そう言えばついさっきまで借金があったんだよな。

加えて狩りができる人間もいない。

幼女たちにとって、肉は希少ってことだろう。

「……それで、あんたどうするわけ？」

幼女たちがいなくなったタイミングで、アムが問いかけてくる。

「どうって？」

「だから……その……」

アムはもにゃもにゃと言いよどみながら、

「さっきの……あれ」

「？」

「だからっ。キャニスたちが言ってたあれっ。ウチに来るとか来ないとかって話っ！」

どうやら幼女たちとの会話を、アムに聞かれていたらしい。

「……アムはどう思う？　俺ここにいてもいいかな？」

できれば俺はここで働きたい。

幼女たち、アム、そして恩師を支えていきたい。

幼女たちは俺を受け入れてくれそうだ。

この子はどうだろうかと気になったのだ。

「………………べつに、す、すきにすればっ、いいんじゃないっ？」

アムがそう答える。うわずった声だった。

「え、じゃあいてもいいのか？」

「だ、だから……だからぁっ！　あんたの好きにすればっ！　別にあたしは別にっ！　あんたがいようがいまいが、どっちでもいいわよ！」

それだけ言うと、アムもだだだっっと建物の中に駆けていった。

「……ダメとは、言われてないよな」

てっきり拒否されるかと思った。俺はアムに嫌われていると思っていたからだ。

でも……予想に反して、アムも子供たち同様、俺にいてもいいと言ってくれた。

なら……。

あとは、コレットの許可さえもらえれば。

☆

さっき通されたリビングには、香ばしいにおいが充満していた。

「さぁみんな、席につきましょうね」

ニコニコ笑顔のコレットに、子供たちが両手を上げて返事する。

「もうとっくのとーにすわってらぁ、ですっ！」

「じゅんびは、できてらぁ」

「は、はやくたべたいのです！」

ぼろっちい木のテーブルを、子供たちとアム、コレット、そして俺が囲んでいる。

俺の右隣にはコレット、そして左隣には、

「……なによ？　じろじろみてんじゃないわよ」

なぜかアムが座っていた。

本来のアムの席は、キャニスの隣だったらしい。

だがアムは、俺が席に着くと、隣にイスを動かしてきたのだ。

「こほん、では諸君っ。シチューを配るわ。アム、手伝ってくれる？」

「んっ、おっけー」

そう言うとアムは立ち上がり、ととと、と鍋の前に移動する。

あ、なるほど。コレットの手伝いをするから、コレットの近くに来たのか。

……ん？　なら俺の左隣じゃなくて右隣に座れば良くないか？

やっぱりわからん。

アムが手作りの木の皿を、コレットに手渡す。

コレットが注いだシチューを、アムが子供たちに配っていく。

「うっはー！　いーにおいだぜー、ですっ！」

「よだれが、とまらぬ」

「はわわ……おにくがっ。お、おにくがごろっとまるごとはいってるのですー！」

キャニスは鼻先を皿に近づけ、ぶんぶんぶんとしっぽを激しく動かしている。

コンは皿を凝視しながら、だらだらと口の端から、涎を垂らしていた。

ラビはウサ耳をぴくぴくとせわしなく動かしていた。

「ん」

子供たちを見ていたら、アムが俺にずいっと木皿を寄こす。

「サンキュー」

「…………ふん」

コレットと自分のぶんを注いで、アムは皿を持ったまま、自分の席へと戻る。

「みんなのぶんがそろったわね。それじゃあみんな」

コレットがそう言うと、子供たちは手をあわせ、

「「「いただきまーすっ!!」」」

と元気よく声を張り上げた。

幼女たちは木のスプーンを手に持つと、スープを掬う。

「ごろごろのっ、ごろごろのおにくがありやがるですっ！」

「きっと、えーごらんく」

スプーンを持ったキャニスとコンが、ぱくり、と一口食べる。

ぶるぶる、と犬っこときつね娘が肩を震わせる。

なんだ、まずかったのか？

「…………………………………めぇ」

「めぇ？」

なんだ羊のまねか？

「うめぇーーーーーー！！！！」

と思ったら違った。

子供たちはいっせいに動き出す。スプーンですくっては口の中にシチューを運び、またお皿にスプーンを入れて……と何度も繰り返す。

咀嚼しては次のシチューをかっこみ、口の周りがソースまみれになるのも気にせず、夢中でシチューをほおばっていた。

「なんじゃこりゃー！」

「にくじる、なんじゃこりゃー」

「はわわっ。かむとおにくがホロホロとくずれるのです！」

天国にでもいるかのような、幸せそうな表情になる子供たち。

彼女たちの顔は笑顔であり、ほっぺはソースまみれだった。

「おおげさよあんたたち……」

とアムがすまし顔でスプーンを持つ。

「たかだか肉でしょう？　牛だろうと豚だろうと同じよ」

アムは子供たちと違って年長者のため、子供たちより冷静だった。

「いやいやねーちゃんちげーですっ！」

「おにく、れぼりゅーしょん」

「い、いままでたべたどんなおにくより、おいしいのですっ」

ほっぺたにシチューのソースをつけながら、力説する子供たち。

アムは懐疑的なまなざしを向けながら、一口食べる。

「…………。……！　おいしー！」

アムの表情が、懐疑、驚愕、そして歓喜へと変化する。

そして無言でガツガツガツガツ!!　と勢いよくアムがシチューを口に運ぶ。

「こ、コレット！」

「ふふっ。どうしたのアム？　おくちにいっぱいソースつけて？」

アムがカァッ……っと顔を赤らめて、腕で口元をぬぐおうとする。

コレットがすかさず布を取り出して、アムの口元をぬぐった。

立ち上がって子供たちのほっぺもきれいにしていく。

「あ、ありがと……」

「いえいえ。おかわりは？」

「いるっ!!」

アムがコレットに皿を手渡す。

先生はうれしそうに目を細めると、皿におかわりを注いでアムに渡す。

アムはまたガツガツと食べ出す。

猫のしっぽが、なんかぴんぴんぴーん！　と電気を流しているみたいに痙攣していた。

反対に猫耳は、ふにゃん♡　と垂れ下がっている。実に美味そうに食うなぁ。

「アムねーちゃんばかりずりぃ、ですっ！　おかわりー！」

「ばい、ぷっしゅだ」

「まま、お、おかわりほしーのですっ」

ちょうだいちょうだい、と競うように、子供たちが皿をコレットに押しつけてくる。

「はいはいみんな焦らないの。先生はひとりしかいないんだから、ひとりずつ順番にね」

キャニスの皿を受け取り、コレットがニコニコしながら、シチューを注ぐ。

「はやく、はやくさぁ」

「うう……ううぅ～……」

不満げにうなるコンとラビ。二人のしっぽは垂れ下がりながらも、せわしなくふぁさふぁさと動いている。

待ちきれない表情のふたり。

……俺は立ち上がると、

「……先生。俺、手伝いますよ」

そう言ってコンのお皿を受け取る。

「え？」

きょとんと目を丸くするコレット。その手には注がれたシチューが。

「い、いいのよジロくんはお客さんなんだからっ」

あわててそう言うコレット。

お客さん、か。まあコレットからしたら、俺はそうだよな。

俺は元生徒、で、今はお客さんだ。

……俺は、その扱いが、嫌だった。

「かしてください」

やや強引とも思われるかもしれないが、俺はコレットからお皿を奪い、キャニスに渡す。

「うんめー、です～」

がっつくキャニス。コレットは「ジロくん……？」と俺の行動にどうしたのかと疑問を覚えているみたいだ。

「まみー、はりー」

コンの催促があり、コレットは我に返ると、シチューをいそいそと注ぐ。

コレットがシチューを注いでいる間、ラビからお皿を受け取る。

「もうちょっとまってな」

「はいなのです、にーさんっ！」

元気よく返事をするラビ。

自分が一番最後だというのに、ラビは文句一つ言わなかった。

やっぱちょっとほかふたりよりも、大人びてる気がするな。

コレットがラビのぶんを注ぎ終えると、俺は皿を受け取って、ラビに渡す。

「ジロくん……ごめんね」

コレットが申し訳なさそうに眉を下げる。

きっとごめんねのあとには、お客さんに働かせて、と続くのだろう。

「いいですよ。ふたりでやったほうが、効率的でしょ？」

「それは……そうだけど」

コレットはやはり俺に対して申し訳なさを覚えているのだろう。

……だから、俺は勇気を出して言った。

「先生、気にしないでください。俺がやりたいからやっただけです。そんで、これからも、そうしたいです」

勇気を出したつもりが、へたって迂遠な表現になってしまった。

だが気持ちは伝わっただろう。

「ジロくん、それって……」

何か察したような表情のコレット。

俺に追及する前に、「おねーちゃんおかわりー！」「かえだま、きぼんぬ」「ま、ままぁーもっとほしいのですっ」

子供たちがおかわりを求めてくる。

「コレット、あたしもっ」

年長者のアムさえも、子供に交じっておかわりを要求してくる。

「え、ええ……。ちょっとみんな、今先生はジロくんとね……」

「先生、あとにしましょう」

俺はラビの皿をコレットに手渡して言う。

「……。…………。そう、ね」

キャニスが「どーしてラビがいちばんなんだよー」と不満げにつぶやく。

「ラビはさっき一番最後だったからな」

「あ、なるほどそーゆーことかー。ならしょーがねーです。じゅんばんをまつです」

「キャニスちゃんありがとーなのです！」

ほんと、優しい子だよなどの子も、と思ってしまう。

やがてシチューはあっという間に消えた。

寸胴鍋になみなみ入っていたはずのそれは、一滴のこらず消えていた。

「じゃあみんな、ごちそうさまの前に、ジロくんにお礼を言いましょうね？」

コレットが子供たちに言う。

獣人たちはまんまるになったお腹をぽんぽんと叩きながら、夢見心地な表情をしていた。

コレットに言われ、ハッ、といっせいに我に返るのがなんともかわいらしい。

「おにーちゃん、あんがとです！」

「うますぎ、なみだちょちょぎれ」

「とってもとってもおいしかったのですっ！　にーさんっ、ありがとうなのですっ！」

にぱーっと笑いながら、子供たちが口々にお礼を言ってくる。

「その……じ、ジロ」

左隣から、アムが俺のことを呼んだ。

「え、ジロって……いまおまえ、名前で……」

「に、にぶいくせにこ、こまかいこと気づいてんじゃないわよ、ばかっ、ばかっ！」

げしげし、とアムが俺の脚を蹴ってくる。

「えっと……ジロ。その……」

アムは照れくさそうに、自分の髪を手で何度もくしゃくしゃとかく。

「あんたのおかげで…………その…………だから…………あ、ありが、と」

アムは言い終わると、顔を真っ赤にして俺から目をそらす。

「アムねーちゃんかおあかいです？」「きっと、かぜ」「だ、だいじょうぶなのです？」

心配する幼女たちに、アムは「だいじょぶだから」と答える。

「だいじょうぶなら、どーしてまっかになってやがるんです？」「そーゆー、じきか？」「そういうじきってなんなのです？」

と幼女たちから追撃を食らって、

「う、うるさいわねっ。だまらないと噛むわよっ！」

とアムが犬歯を剝いて言う。子供たちは「こわーい」と言った。

「……ジロくん」

にぎやかな子供たちを前に、コレットがぽそりとつぶやく。

「本当にありがとう。あなたには感謝してもし切れないわ。あの子たちがお腹いっぱい食べられて、あんなにしあわせそうなのは、全部あなたのおかげよ」

恩師にそうやって褒められると、非常に気恥ずかしく、けれど、誇らしかった。

5話　善人、あこがれの人に告白し、先生になる

シチューを食った一時間後。

俺はコレットとふたりきりで、リビングに向かい合っていた。

こうなった経緯を説明すると。

シチューをたらふく食ったからか、アムを含めた子供たち全員が、うとうととしだした。

俺とコレットは、キャニスたちを寝室へと運ぶ。アムは後から眠そうについてきた。

子供たちがベッドに入り、寝静まったのを確認した後、俺たちはリビングへと戻ってきた……という次第だ。

コレットが座るよう促してきたので、俺はリビングにあるイスに座る。

エルフ少女は俺の前に腰を下ろす。

まっすぐに俺の目を見て、口火を切った。

「さて、じゃあジロくん。真面目なお話しましょうか」

コレットがすっ、と背筋をのばすと、

「ジロくん、借金を肩代わりしてくれて、本当にありがとう。ほんとうに、助かったわ」

改めてコレットが、礼を言ってくる。

いつもの柔らかい、お姉さんのような雰囲気は鳴りを潜めている。

そこにいたのは、四人の子供をひとりで支えている、しっかりものの母の顔をしたコレットだった。大人の顔だった。

大人として、コレットが俺に接してきてくれる。場違いだとは思いつつも、俺はうれしくなった。

子供じゃなくて、対等の大人として、見てくれるのだから。

高揚する気分をいったん置いておき、俺はコレットを見て言う。

「気にしないでください。恩を返しただけですから」

情けは人のためならず。

人に優しくすれば、誰かが自分に優しくしてくれる。

子供のころ、それを教えてくれたのは、ほかでもないコレット自身だった。

コレットは俺に優しくしてくれた。

初めてコレットと出会った【あの日】から、彼女が村を出ていくまで、ずっとずっと、優しくしてくれた。

俺は子供のころ受けた恩を、返したに過ぎない。

……しかし。

恩返しというのは、半分は本当で、半分はウソだ。

本当のところは、あこがれの女性が借金のせいで連れていかれそうになっているのを、黙って見過ごせなかった側面が強い、気がする。

それはさておき。

俺の言葉に、コレットは「うれしいわ……」と返事を寄こす。

けどその顔は、とても喜んでいるようには見えなかった。

真摯さがあった。真面目さがあった。

もっと簡単な言葉で言うのなら、俺に対する【壁】があった。

「このお金は、ジロくんに、ちゃんと返します。時間は多分、すごくかかるだろうけど……。でも、絶対に返すから。安心して」

それを聞いて俺は。

「…………」

「返すめどは、今のところないけど、ちゃんと借用書も作るわ」

「…………」

「ああでも借用書の作り方がわからないわ？　知り合いの商人に作り方を……って、ジロくん？」

「…………」

俺はチクリと心が痛むのを感じた。

感情を表には出してなかった（出すほど子供じゃないと思う）が、それでも、心の中でいくぶんかの落胆があったのは、事実だ。

なぜか？

それはまあ……簡単に言えば、コレットに思いが伝わってなかったから、だろうなあ、たぶん。

三十うんぬん生きていれば、自分の思っていることが、相手に正しく伝わらないなんてこと、いやでもわかるようになる。

それでも俺は、コレットに、俺の気持ち、というか本気度を、悟ってほしかった。

普通、金一万枚という大金を、他人にぽんっと貸したりしない。

そう、他人にはだ。

借金を肩代わりしたのは、先生、あなたをもう二度と失いたくなかったからだ。

俺にとって先生は、ただ恩師というだけではない。

たとえ自分のすべてを失うことになるとしても、守りたいと思える。

何物にも代えがたい、大切な存在なのだ。

……と、彼女に、少しだけでも俺の気持ちが伝わっているのではないかと、期待したのだ。

俺の行動の中から、コレットへの好意が、伝わっていてほしいと。

ひょっとして、私のことが好きだから、あんなことしてくれたのかもしれない……と。

……なんてな。

そんなの、ただの都合のいい妄想だ。

世の中そう甘くない。こうあってほしいと思ったことが実現する方がまれだ。

そう、まれだ。

まれなんだ。

けど……。

それでも……それでも、と。

俺の中の、ガキだったころ、青臭かったころの自分が、叫ぶ。

どうして俺の気持ちを、彼女が理解してくれないのかと。

俺は金を貸したのではなく、あげたのだと。

なのにどうして、あなたは金を返すと言ってきたのかと。

おっさんになっても、俺の中には、そういうガキっぽさが残ってしまっている。

歳を重ねて少しは大人になったと思ったけれど、本質は変わらないらしい。

本質。先生が好きだという、そういう純粋な気持ちの部分は……。

「どうしたの？　顔色、悪いわよ？　具合でも悪いの？」

コレットが気づかわし気に、俺の顔を見てくる。

……ずきり。

と今度は、大きく、心が痛むのを感じた。

それがどうしようもなく、ぐさりと心に来た。

コレットに悪気はない。

ただ俺が、勝手に傷ついただけだ。

彼女の何気ない優しい一言を、俺が自分で鋭いナイフに変えたのだ。

そしてそのナイフで傷を負った心は、俺の制御の手を離れて暴走しだす。

年甲斐もなく。

ガキみたいに。

年齢にともなって積み重なった理性がはがれて、本能が、むき出しになって叫ぶ。

心配そうに見てくるコレットに向かって、【そうじゃないんだ！】と。

違うんだ。

凹んでいたんだよ。

あなたに、好意が伝わらなくって。

……いかんな、と思っても、だめだった。子供かよ、と自嘲する気持ちよりも、この人への思いがあふれて、本能を抑えられない。

「ジロくん？」

「先生」

なおも無邪気に俺の体を心配しようとしてくる、コレットに。

俺は気づけば立ち上がって、彼女のそばにいく。

コレットは俺のただならぬ雰囲気に気おされて、立ち上がり、一歩引く。

やめろとばかやろうと、おっさんの俺が、俺自身に警告をかます。

それでも俺の男としての本能が体を衝き動かす。

俺はコレットと距離を詰めて、彼女のたおやかな手をつかむと、

……コレットの体を、ぎゅっと、抱きしめたのだった。

翌朝。

☆

「…………」

俺は腰の痛みとともに目を覚ます。

見上げたそこには、見慣れぬ天井。

そりゃそうだ。ここへきてまだ一日だ。

「じー」

「じろじろじー」

仰向けに寝る俺の腹の上に、犬っこときつね娘が座っていた。

「おにーちゃんおっはー！」

「ぐっもーにん」

びしっ、と手を挙げ、あいさつをするキャニスとコン。

「おはよ、ふたりとも」

「ら、らびもいるのですっ。んー、っしょ。んーっしょ」

上体を起こすと、ラビがよいしょとイスに上っているところだった。

ほかふたりと違って運動神経がないのか、上るのにだいぶ苦労している。

俺はひょいっとラビを持ち上げて抱っこする。

「えへっ」

ラビがニコッと笑う。

笑ったときにできるえくぼがじつにかわいらしい。

「へいにぃ。なにゆえこんなとこでねてるの？」

俺の腹に乗っかっている三人のうち、コンが代表するように、尋ねてくる。

「あ、それぼくもきになった。なーなーどうしてリビングでねてやがったんです？」

そう、俺がいるのは、孤児院のリビングだ。

みんながシチューを食べて、コレットを抱きしめた場所で、俺は寝ていたのだ。

リビングのイスを四つほどつなげてベッドにして。

「寝る場所がわからなくってな」

俺は子供たちの質問に答えつつ、昨晩のことを思い起こす。

……昨日。

コレットが俺に対して、壁を作っていることに我慢できなくなった。

俺は彼女を思っているのに、子供のころからずっと慕っているのに、彼女は俺の好意に気付いてくれない。

それが我慢できなくて、俺は気づけば衝動的に、彼女を抱きしめていた。

俺は冷静さを取り戻して、コレットを放した。

てっきり突き放されると思っていたのだが、存外、彼女は俺に抱かれたままだった。

しばし忘我していたコレットだが、やがて俺の前から走って去っていったのだった。

……ひとり取り残された俺は、どこで寝ればいいのか聞けなかったので、とりあえずリビングで寝ることにした、という次第。

「ぼくらといっしょにねりゃーよかったです」

「そうだな、そうしておけばよかったな……痛たたた……」

すると俺の膝の上に乗っかる子供たちが、しっぽをぴんと立たせる。

「ど、どーしたおにーちゃん!?」

「ぴょーき？　ふちのやまい？」

「はわわっ、うえぇーーーん！」

子供たちが動揺してきたので、俺は慌てて「大丈夫腰が痛いだけだから」と答える。

「んだよー、びっくりさせんじゃねーです」

「ほんとだよ、みーたちをほんろーするなんて、つみなおとこね」

「よかったぁ……」

ほっと吐息を吐く子供たち。

心配かけてすまない。

「け、けどにーさん。どうしてこしがいたいのです？」

俺は腰をさすりながら答える。

「硬いイスの上で寝たからな」「「「？・」」」「若いっていいな」

子供は、腰を痛めるなんてこととは無縁だろうからな。

「よくわかんねーけど、とにかくこしがいてえってことです？・」

「なら……なら！　らびたちがもみもみしてあげるのですっ」

「「「いいね！」」」

どうやら子供たちが腰をもんでくれるみたいだ。

「にぃ、ねそべって。みーたちこしのうえにのってふみふみする」

「いいのか？」「「「いい！」」」「それじゃ、お願いしようかな」

せっかく子供たちが俺にしてくれるのだ。断る理由なんてない。

俺はイスの上にうつぶせになる。

子供たちが乗っかって、わっせわっせ、と足踏みしてくる。

「………」

「どうですっ？・」「みーたちのてくで、しょーてんしたか？・」

「ああ、とっても気持ち良いよ」

子供たちは程よい重たさで、腰を踏んでくれる。なかなか心地よい。

「みーたちぷろきゅー？・」

「ああ、プロのマッサージ師もびっくりだ」

「「「いやいやそんなそんな」」」

子供たちが照れていた。

ややあって、子供たちが俺から降りる。

「ありがとな。おかげでだいぶ痛みが引いたよ」

「で、でもでも……だいぶってことは、まだいたいってことなのです？」

ラビのたれ目がさらに垂れ下がり、うるんだ目を向ける。

「あ、いや。ぜんぜん痛くないから」

でも俺が無理しているとでも思っているのか、子供たちの表情が暗くなる。

「！　そうだ！　おにーちゃん、ふろいってこい！」

キャニスがぴーんと耳を立たせて、そう言う。

「風呂？」

すると残りの子供たちも、耳をぴーんと立たせる。

「それはいいかんがえなのです！」

「いちりあるね。ふろはいればたちまちだからね」

うんうん、と子供たちがうなずいている。

「風呂？　たちまちどうなるんだ？」

と俺が子供たちに尋ねた、そのときだった。

「ふぁぁあ……みんなおはよ」

やってきたのは、猫獣人のアムだった。

「おはよう、アム」

「ん。おはよ。……って、あれ？」

アムはリビングに来るなり、きょろきょろとあたりを見回す。

「どうした？」

「コレットがいないいんだけど、ジロ、あんた知らない？」

「いや、知らない。まだ見てないな」

「そう……おかしいわね。いつもならこの時間にはここでご飯作ってるんだけど」

とアムがコレットの姿を探していた、そのときだった。

【みんな、おはよー】

リビングに、コレットがやってきた。

くぐもった声だった。

俺は振り返って……言葉を失った。

アムは困惑しつつ、

「コレット……あんたなにしてんのよ？」

とコレットの格好を見て言う。

【え、なに？　何か変？】

「いや変も何も……」アムが答える前に、

「あはは！　んだよおねーちゃん！　あたまにバケツなんてかぶって！」

とキャニスが笑いながら、コレットを指さす。

そう、エルフ少女は、なぜだか頭から、バケツをかぶっていたのだ。

「さいしんふぁっしょん？　じだいをさきどりしててしゃれおつ」

「ま、まま……どうしたのです？」

コンとキャニスはさほど気にしていないが、ラビは心配していた。

【ラビ、心配しないで。これファッション。コンの言ってるとおりよ】

「そ、そうなのです？」

ラビがほぅっと安心したように吐息を吐く。

「まみーおされ」

【ふふ、ありがとう】

……いや、スルーされそうだけど、俺は気になってしょうがなかった。

なにゆえコレットはバケツを頭に載っけてるのか？

「なあ、先生。それどうした」んですか、と言おうとしたのだが、

【さ、さぁ！　お料理お料理！　爆速で料理作るから、みんな待っててね！】

コレットは俺の前から離れると、台所へ、いそいそと向かう。

その際に足を引っかけて、びたーん！　【あいたー！】と転ぶ。

「前が見えないなら取ればいいのに……」

俺は転んでしまったコレットのもとへ行く。

手を伸ばす。

だが……。

【私はだぁいじょうぶだ！　ひとりで立てるぜい！】

そう言ってコレットは、差し出された手をスルーして、自分で立ち上がる。

そしてパタパタと走って、台所へ向かった。

俺は握ってもらえなかった手を見て、コレットを見て、そして思う。

さっき、コレットは俺が話しかけようとしたら、逃げた。

手を伸ばしたら、スルーされた。

……もしかして、俺、避けられてる？

☆

コレットの用意してくれた朝食を食べた後、

「はらいっぱいだー！」「おそとであそぶべ」「あそぶのですー！」

子供たちが元気よくリビングを出ていく。

「ちょっとあんたたち食器くらい……はぁもう」

アムがため息を吐く。

テーブルの上には、汚れた食器等が放置されたままだ。

【まあまあ。さてアム、子供たち見ててくれない？　私、食器片付けちゃうね】
「ん。了解」
アムが子供たちの後を追って、部屋を出ていく。
残された俺は、
「先生、俺も手伝います」
と立ち上がって、食器を回収しだす。
【い、いいよジロきゅん！】「きゅん？」
コレットがうつむいて【かんじゃった】という。
「いやいいですって。どうせやることないですし」
俺は皿を重ねていく。
【だ、だからいいのよっ。私が】
と、コレットも食器に手を伸ばす。
そのときだった。
俺の手と、コレットの手が、食器を取ろうとして、ぶつかったのだ。
【！！！！】
コレットがバッ！　と手を引っ込める。
【ごごごごご、ごめんねジロくん！】
わたわた、とコレットが慌てる。

「いや別にいいですけど。どうしたんですか?」

単に手が触れあっただけなんだが。

【ななな、にゃんでもにゃい!】

なんでもない、という割に動揺しているように思えた。

【じゃ、じゃあ食器片すのは任せたぞ! 私はお台所でお皿をお洗いするでごわす!】

とコレットは駆け足でその場から離れようとして、びたん! 「いったーい!」

彼女は足をもつれさせて、転んでしまった。

その拍子にバケツが取れて、コレットの美貌があらわになる。

手に持っていたお皿を、何枚か割ってしまっていた。

「大丈夫ですか? 手とか切ってません?」

俺は彼女のそばにしゃがみ込む。

「失礼します」と言って、コレットの白く美しい手を取る。

「…………」

「うん、手は切ってないですね」

「…………」

「良かった……って、どうしました?」

コレットの顔は、耳の先まで真っ赤になっていた。

目がうるんで、泣き出しそうである。

「ど、どこかお加減でも悪いんですか？」

そうだったら大変だ。大事件だぞ、普通に。

するとコレットは我に返ると、首をぶんぶんぶん！　と強く振るう。

「だ、大丈夫よ。ただ……」

「ただ？」

コレットは、じいっと、手を見やる。

俺はコレットの手を握ったままなことに気が付いて、「す、すみません」と手を離す。

「俺に触られて、不快でした？」

「そ、そんなことないわ！　絶対！」

力強く、コレットが否定してくれた。

なんだろう、天にも昇る気持ちだ。

嫌われているんじゃないかと思っていたから。

「そういうのじゃ、ないから。心配しないで」

コレットはそう言うと、手を突いて立ち上がる。

俺に握られていた手を、きゅっ、と胸に抱く。

「ジロくんの手……」

俺が立ち上がってコレットを見下ろすと、彼女は微笑んで言う。

「おっきくてごつごつしてた。いつのまにか男の人の手になってたのね」

彼女がつぶやく。自分に言い聞かせているのか、俺に向かって言っているのか、判然としなかったのだった。

☆

コレットと皿洗いをした。
水道なんて便利なものはないので、桶に水を張って手洗いした。
皿を洗う際も、コレットはどこか俺を避けているようだった。
俺と手が触れるたびにかわいい声を出して、過剰なまでに飛びのく。距離を取られる。
ただ嫌がられている感じはなかった。
顔を赤くしていたのだが、どうしたのだろうか。
俺を異性として意識してくれている……というのは、自意識過剰か。
さておき。
皿を洗った後、今度は洗濯をする。
子供たちの寝間着やシーツを回収して、俺たちはふたり、森の中を歩いている。
「ジロくんごめんね」
隣を歩くコレットが、俺を見上げてくる。
「気にしないでください」

俺は腕に籠を持っている。

中に大量の洗濯物が入っている。これを持って、近くの川へ向かって、そこで洗濯をするのだ。

「重いでしょう？」

「いいや、全然」

事実あまり重くない。

まあ多少ずっしりくるくらいだ。

「すごい……私ひとりじゃ、こんなたくさんの洗濯物持てないわ」

洗濯道具だけを持っているコレットが、感心したように言う。

「ジロくん本当に大人になったのねえ。力強くて、たくましくて……な、なーんてね！」

コレットが顔を赤らめて、焦りながらそう言った。

何を焦っているんだろうか。

まあ冗談みたいだったし、深く追及しなかった。冗談でもたくましいって言ってもらえて、うれしかったと付け加えておこう。

それはさておき。

「普段は洗濯ってどうしてるんですか？」

「何回かに分けて川原へ運んでいるの。今回はジロくんがいたから、助かっちゃった」

コレットが微笑んでそう言う。

改めて女性がひとりで、孤児院を経営するのは難しいだろうなと思った。

男と違って腕力がないからな。

力仕事も多いだろうし。

それでも、コレットは泣き言も言わず、ひとりで仕事をこなしていたのだろう。

……そう思うと、余計にここで働きたくなった。

彼女のそばで、彼女を支えたいと思った。

……そう、俺はこの人のことを、昔も、そして今も、好きなんだなと改めて実感した。

「どうしたの？」

「あ、いや……なんでもないです」

と言って、やっぱりと口を開く。

「あの、先生。実は昨日の話の続きなんですけど……」

「おーっと！　川が見えてきたよー!!」

コレットが俺のセリフにかぶせるようにして、大きな声を張り上げる。

「さあジロくん。急ごうぜ！　川はすぐそこだ！」

「あ、先生！　おいって！」

だーっ、とコレットが先に走って行ってしまう。

……はぐらかされた、よなぁ。

俺が昨日の話の続きをしようとしたら、コレットは露骨に話題を避けていた。

なんだろう、嫌なのだろうか。

俺のことが。昨日のことが。

ちょっと昨日は先走りすぎた。

ちくしょう。そういうのは、結ばれてからだろ。

自分の過ちに気付いて、はぁと重くため息を吐く。

ほんと、俺はまだまだだなぁと。

おっさんになっても、まだ大人になれたわけではないのだと、痛感させられる。

けど……だ。

ここで凹んでいても、何にもならない。成長につながらない。

失敗したのだったら、その失敗を糧に、前へ進み成長するべきだ。

衝動に任せてコレットに抱きついてしまった。

それは事実であり、過去であり、過ぎていったものだ。

過ぎたことにとらわれて動けなくなるのは愚の骨頂。

切り替えていこう。

それにまだ望みが完全についえたわけじゃない。

本気で嫌われたのなら、俺を完全に避けるか、無視するか、あるいは社会人的な対応（表面上だけのつきあい）をされるはず。

だがコレットからは、そういった行為は見て取れない。

まだ嫌われているようには、俺には思えなかった。

それになにより、コレット本人から嫌いだと言われたわけじゃないからな。
そう思うと、気持ちが軽くなった。
……男って単純だな、と苦笑して、前を向く。
前方を小走りでかけていくコレットの背中を、俺は追う。
川に到着。
俺はコレットと手分けして、川で洗濯をする。
冷たい水に洗濯物をつけて、洗濯板と石鹸(せっけん)を使って、ごしごしと洗う。
石鹸はこの世界では貴重だ。
だからコレットは、すごく小さくなったものを、いまだに使っている。
よいしょよいしょ、と洗濯物をこする。
俺も彼女と同じものでごしごしとこする。
作業に没頭しているため、しばしの沈黙が流れる。
今のこの洗濯中ならば、逃げられることもないだろう。
そう思って俺は、手を動かしつつ言う。
「先生。聞いてください」
「な、なんだねジロくん？」
洗濯物から目をそらさずに、コレットが言う。
「昨日の話なんですけど」

「き、昨日？　昨日って何かあったっけなー？」

とぼけているのか、本当に忘れているのか。

おそらく前者だろう。

「ですから、昨日の夜、抱きしめた件なんですけど……」

俺が昨日の非礼をわびようと思った、そのときだった。

「わ、わ、わー！！！」

コレットの顔が、みるみるうちに真っ赤になった。

耳の先まで朱に染まり、湯気が出るんじゃないかというくらい、顔を赤くしている。

そのときだった。

コレットが手に持っていた洗濯物を、つるんと手放してしまったのだ。

「いけない！　洗濯物がっ」

コレットが慌てて手を伸ばす。

が、急いだのがいけなかった。

コレットが足を滑らせて、「わー！」どっぱーん！　と川に落ちたのだ。

……といっても、この川は浅い。

せいぜい人のくるぶしがつかるくらいの、浅い川である。

「だ、大丈夫ですか？」

俺はクツが濡れるのも気にせず、コレットのもとへ行く。

「いたた……うん、大丈夫。ありが」

とコレットと目が合う。

コレットは、頭から水をかぶって、ずぶ濡れだった。

「…………」

水にぬれて、コレットの衣服が、肌にぴったり張り付いている。

そのせいで下着のラインが、服越しにでもはっきりと見えた。

「ゃ、ぁ、う、」

コレットはパクパク……と口を開いたり閉じたりする。

その顔が、いや、彼女の肌全部が真っ赤に染まっていた。

「せ、先生。す、すみません！」

俺は目線をそらして、すぐに謝った。

「……み、見た？」

コレットが恐る恐る聞いてくる。

見た、とは、服が透けて見えた下着のことだろう。

色は分からなかったが、飾り気のないデザインだった。それが彼女の清純なイメージに合ってい
て、とっても似合っていた。

「み、みたの？」

「み、みました」

しばしの沈黙。

コレットの顔を凝視できない俺は、いま彼女がどんな顔をしているのか、わからなかった。

「…………」

コレットがざばり、と川から出てくる。

ぴたぴた……と水滴を垂らしながら、彼女が近づいてくる。

「……ジロくん」

彼女の声が、間近で聞こえる。

ああ、きっと怒られるだろう。

変態とか、すけべ、とか言って、なじられるに違いない。

ぶたれることも、覚悟した。

俺は目を閉じて、彼女がひっぱたいてくるのを待った。

だが……いくら待っても、彼女は俺を責めてこなかった。叩いてもこなかった。

どうしたのかと思って目を開ける。

コレットは、顔を真っ赤にして、切なそうに目を伏せている。

その瞳はうるんでいた。

俺と目が合うと、一言だけ。

「……ジロくんの、えっち」

と、恥ずかしそうにそう言うと、まだ洗う前のタオルを手にして、濡れた体をふく。

俺は、困惑した。

てっきり叱られるとばかり思っていたから。

その後微妙な空気の中、俺たちは洗濯を終えたのだった。

☆

その後も、俺はコレットの仕事の手伝いをした。

大量の洗濯物を干したり、料理したり、孤児院のなかを掃除したり。

やってみて改めて、コレットの仕事の大変さを実感した。

彼女はひとりで家事をこなしながら、子供たちの面倒を見ていたのだ。

本当、すげえよ、先生は。

丸一日、俺は彼女の手伝いをしながら、胸に秘めた彼女への思いが募り募って処理しきれなくなっていた。

結局、彼女は俺のことを、どう思っているのだろう。

嫌っているのなら、嫌いと言ってほしかったし、態度で示してほしかった。

だが彼女はその話題に触れることを露骨に避けるし、反応は妙だしで、まったく彼女の胸中を悟ることができない。

もう直接聞いてみるしかないだろう。

俺のことを、嫌いなのか、どうかと。

昨晩のことを、どう思っているのかと。

俺は、覚悟を決めた。

そして時間が経過して、夜。

子供たちは食事をとり終えると、昨日と同様、すぐに寝てしまった。

「全くこの子たちは、二日も風呂に入らないでっ」

夕食後のリビングにて。

アムがぷんすか怒って言う。

「まあまあ。昨日今日と、ジロくんが遊び相手になってくれたから、うれしくってはしゃいじゃったのね」

「けど……」

「そういってもアム、あなたもお風呂苦手でしょう。なんなら一緒に入る？」

にこーっとコレットが笑うと、アムは「あ、あたしも眠いから寝る！」と言って、部屋に引っ込んでしまった。

後には俺とコレットだけが残される。

「風呂あるんですか、ここ？」

気になったことをコレットに尋ねる。

「ええ、自慢のお風呂があるのよ」

この世界では温かい水をそれこそ湯水のごとく使うのは難しい。

技術レベルが低いからな。

だから風呂なんて珍しくて、めったに入れない、というかあまりないはずなのだが……。

「まあジロくん。あとで案内してあげるよ」

「ありがとう」

話題が尽きる。

しばし無言の俺とコレット。

俺たちはリビングのテーブルをはさんで座っている。

テーブルの上には、さっき彼女が淹れてくれたお茶が載っている。

「……ジロくん、さ」

ぽつり、と彼女がつぶやく。

「本当に、大人になったのね」

いきなり彼女が、そんなことを言ってきた。

「何を当たり前のことを」

「うん、そうよね。けど……今日ね、一緒に仕事手伝ってもらって、再確認したの。重い荷物軽軽持ってくれたり、お皿割ったら手を切ってないか気にしてくれるようになったり……」

コレットは俺を見て、目を細めて言う。

「あの小さな男の子が、大きくなったんだなぁって。そうよね、いつまでも、子供じゃないのよね」

「…………」

コレットの瞳が揺れている。

彼女は今何を思っているのだろう。

俺が子供じゃないと、言ってくれた。

俺を大人だと思ってくれているのだろう。

そう、俺はもう大人なんだ。

あのときの、子供のころの俺じゃない。

大人になったのだ。彼女と同じに、なったのだから。

だから、

「先生。聞いてください」

コレットの目をまっすぐに見て言う。

目が合った彼女は、目をそらしそうになるけど、俺をちゃんと見つめてくれた。

逃げずに話を聞いてくれる……という意思表示に、俺には思えた。

ならば俺のすることは一つだ。

「あなたに、話したいことがあるんです」

思いを告げる、ただそれだけだ。

☆

「どうぞ、中に入ってジロくん」

「失礼します」

俺はコレットに連れられて、彼女の自室へとやってきていた。自室、と言ってもかつて物置に使っていた場所を、コレットが使用しているだけらしい。

だからか。女性の部屋にしては、家具がまったくなかった。

化粧をするための鏡もなければ、衣装をしまっておくためのタンスもない。

ランプと小さなテーブル。写真立て。

ベッドはなく、かわりに藁にシーツを載せていた。

先生の自室からは、この孤児院の経済状況がよく見て取れた。

よほど金がなかったのだろうな。

そんな中、少ない金で、子供四人をひとりで育てていたコレットの苦労が忍ばれる。

それはさておき。

「先生、どうしてそんな部屋の端っこにいるんですか？」

六畳ほどの物置。

エルフ少女のコレットは、部屋の端っこに佇立していた。

「気にしないでジロくん。私、隅っこが好きなの、定位置なの」

「そんな猫みたいな……」

「気にしないでジロくん。私、猫が好きなの、猫なの」

「せ、先生っ……？」

どうしたのだろうか、この人。

コレットは隅っこに立ったまま、にこやかな表情を浮かべている。

俺が子供の頃からあこがれて、だいすきだった、先生の笑顔。

だがなんだろう……笑顔が凍り付いていた。

にこにこーっという表情のまま、顔のパーツが微動だにしていない。

「なにかしらジロくん？」

「いや……なんか先生が変だなと」

言って、ちょっと失礼だったかなと反省する。

「まあジロくん。女の人に変だなんて、言ってはいけませんよ」

笑顔のままコレットが指摘してくる。その様はいつも通りだった。

「すみません、変だとかおかしなこと言って」

「ううん、いいよ。気にしないで」

そこには大人の女性特有の、余裕が感じられた。

やっぱりさっき感じた異変は気のせいだったか。

「でもジロくん、どうして私のこと変だなんて言ったの？」

「いや、なんか先生、部屋に入ってから挙動が変だったので。なんか俺のこと避けてます?」まあこの時だけに限った話じゃないが。

今も彼女は、部屋の端っこから、こちらに近づいてこようとしないし。

俺の問いかけに、コレットは普段と変わらない調子で、

「そんなまさかそんなことまさかそんなそんなまさかまさか」

「せ、先生!?」

前言撤回、普通になんか変だ!

どうしたんだ? ほんと。

コレットは「ハッ……!」と我に返ると、「こほん」と咳払いをし、

「立ち話もあれだから、座ってお話しましょう」

コレットは部屋の端っこにころがっていた、脚のぶっ壊れたイスをひとつと、比較的損壊のないイスをひとつ用意する。

壊れていない方を、コレットが俺に勧める。

「大丈夫です。こっちの壊れてないのは先生が使ってください」

「でもジロくんは……?」

「自分のは、自分で出しますので」

そう言って、俺は特殊技能(スキル)【複製】スキルを発動させる。

「【複製】開始→物体→木製長イス」

右手から光が瞬き、俺のイメージ通りのイスが出現する。

何の変哲もない、木のイスだ。

「いつ見てもジロくんの特殊技能はすごいわねえ」

コレットが感心したようにうなずいている。

「先生のおかげです、ここまで自在に使えるようになったのは」

「ううん、ジロくんが頑張り屋さんだったからよ。ダイヤモンドの原石を持っていたとしても、研磨しないと輝きは手に入らないわ」

俺が頑張ったから……か。

まあそれは事実なんだが、動機は不純だ。

俺は単に、口実が欲しかったのだ。

先生とふたりきりで会う、口実。

それが欲しいから、俺は特訓を頑張っていた節がある。

あと先生に褒めて欲しかったってのもある。

「ジロくん？」

コレットが小首をかしげる。昔と寸分変わらない、美しいエルフの少女がそこにいた。

流れるような金髪、異国の海のように澄んだ色をした瞳。

真っ白な肌。男を魅了してやまない大きな乳房と尻。折れそうなほどくびれた腰。

俺は子供の時、この人がエルフじゃなくて、本当は妖精なんじゃないかと、何度も思った。

そしてこの美しい妖精のことが、俺は好きだった。

「すみません、ぼうっとしてました」

「ふふっ、あこがれの女性を前に緊張しちゃったのかなー」「はい、その通りです」「なーんて冗談よ。からかってごめん…………んんっ!?!?」

コレットの目が驚愕に見開かれる。

唇をわななかせながら、「い、いまなんて?」とコレットが聞き返してくる。

「え、だからあこがれの女性を前に緊張しているって言ったんですよ」

「へ、へえ……。そっかー…………そ、ソウデスカ」

コレットは肩を縮めて、もにょもにょと口を動かし何かをつぶやく。

小さくて聞き取れなかった。

「………………」

コレットはぴしっと硬直したままだ。

時間ばかりが過ぎていく。

「先生？　どうしたんですか？」

「ドウモシテナイヨ。キニシナイデ」

「いや気にしますよ。それにしゃべり方が何か変じゃないですか？」

「キニシナイデ。イツモドオリダヨ」

全然いつも通りじゃないんですがそれは……。

しばらくロボットになっていたコレットは、おもむろに立ち上がると、

「オチャヲイレテクル。シバシマタレヨ」

そう言って部屋を小走りで、
ずでんっ！　「きゃー!!」

……訂正、急ぎ足で、慌てて出て行った。

「なんなんだ、いったい……？」

あきらかに挙動がおかしいぞ、今のコレット。

普段はもっと余裕があるような気がするんだが。

おかしくなったのは、夕食の席で、ここで働きたいことを告げてからだ。

「なんか失礼なこと言ったか、俺……？」

いや、思い返してもおかしなことは言ってない……と思うんだが。

なんだろうか、ホント。

わからん……。

☆

しばらくしてコレットが戻ってきた。手ぶらで。「おい」

「あ、あらジロくん。なにかしら？」

さっきのロボコレットではなくなったものの、視線がきょろきょろとせわしない。

「お茶いれてくるんじゃなかったのかよ……」

それが手ぶらっておまえ、いったい何しに出て行ったんだ？

「えと、えーっと……。ごめんなさい、茶葉を切らしてたの」

「ああー…………そうなんだな」

なるほど、ならしかたないか。

「ええ、そうなのよ……。ふふっ」

くすり、とコレットが笑う。

さすが美少女。微笑む姿もまた絵になった。

「なつかしいなー。そう、ジロくんってそういうしゃべり方だったわよね、昔は」

「え、そ、そうだっけ……や、そうでしたっけ？」

ずっと敬語使ってた気がするんだが。

まあでももう二十数年前の話だもんな。

細かいことは忘れてしまっているだろう。

「いいのよ、無理に敬語使わなくて」

ニコニコと笑う先生。

「いや無理じゃないんですけど……まあ、先生が良いっていうなら」

そう言えばいつからだろうな、先生に敬語を使い出したのって。

たぶん異性として意識しだした頃からだろう。

「そうそう、昔のジロくんはちょっと粗野なしゃべりかたがかわいかったわ♡」

「やめてくれ。はずいから」

くすくす、と俺たちは昔を思い出して笑う。

しばらく思い出に浸ったあと、ふたりとも無言になる。

話題が途切れて、ようやく、俺は今日の本題に入れる。

本題。

それは、昨日のこと。

昨日俺が、彼女の体を抱きしめてしまったこと。

「先生、昨日はすみませんでした」

コレットは「ううん、気にしないで」と微笑で返してくる。

「嫌な思いをさせてたらすみません」

俺は頭を下げる。

彼女の顔が見られなかった。

遠慮したり、無理している顔をしていたら、俺はきっと立ち直れなくなっていただろうから。

俺は彼女の返事を待った。

長い沈黙だったが、やがて、

「嫌じゃや、ないよ」

ぽつり、とコレットが小声でつぶやいた。
俺は顔を上げる。
コレットはほおを赤らめていた。だが、そこに嫌悪感は、感じられなかった。
「嫌じゃ、なかったよ」
その答えを聞いた瞬間、俺の理性は吹き飛んでいた。
昨日と同じで、俺は立ち上がって彼女に近づく。
彼女がリアクションを取る前に、
俺は彼女の体を抱き上げて、ぎゅっとそのまま抱擁した。
眼前にいるエルフの少女、コレット。
スレンダー美人の多いエルフにしては、コレットの体つきは豊かだ。
胸板やや下のあたりに当たる、大きくてふくよかな乳房。
水でもつまっているみたいに柔らかく、そして張りがあった。
俺の体に押しつぶされて、乳房がぐにゃりとひしゃげる。
俺に抱きしめられたコレットの体温が、急激に上昇する。
生温かく、大きく柔らかな乳房は、触れているだけで気持ちが良い。
いつまでもこうしていたかった。
「じ、ジロくんっ?」
コレットが上ずった声を上げる。

突然のことに、びっくりしているのだろう。

「先生、ごめん、でも、俺……もう我慢できなくて」

「が、がまん？　なにを？」

視界端に映る、コレットの長い耳が、先端まで真っ赤になっている。

俺は彼女を抱きしめたまま言う。

「俺、コレットが好きなんだ」

聞き間違いや、聞き漏らしがないよう、俺はコレットの耳元で、しっかりと意思を伝える。

「…………っ!!」

コレットの体が、ぴくんっ、と硬直する。

耳が真っ赤に染まり、ぴーんっと上を向く。

「ずっと昔に告白したことがあったろ？　あのときの言葉はウソじゃない。本気であなたが好きだった。何十年経って、記憶が薄れていっても……あの日、胸に抱いた先生への思いは、心の中で、ずっとくすぶっていたんだ」

一度好きだと伝えたら、胸にしまっていた言葉がすらすらと出た。

俺の言葉を、コレットはじいっと聞き入っていた。

いやなら、ぐいっと押しのけることができただろう。

だのに、コレットは俺に抱かれたまま、微動だにしていなかった。

真っ赤になった耳だけが、せわしなくぴくっ、ぴくっと痙攣していた。

「何十年も経って、先生と森で再会したあの日、俺の中でくすぶっていたあなたへの思いに、再び火がついたんだ。今じゃもう、抑えきれないほど、大きくなっている」

「ジロくん……」

コレットのくびれた腰に手を回し、ぎゅっと抱きしめる。

彼女の張りのあるヒップに手が当たる。

「俺は先生が好きなんだ。本当の本当に、あなたが好きなんだ」

そうだ。好きなんだ。

先生が好きだからこそ、借金を肩代わりしたのだ。

他のどうでも良い人間が相手なら、あんな大金渡したりしない。大好きなあなたが困っていたから、助けたかったんだ。

俺はセリフをいっきに言い終えて、一息つく。

相手のリアクションを無視して、ここまで矢継ぎ早に言葉を発したのは、怖かったからだ。

先生に俺の好意を拒まれたらどうしよう……と。

相手の反応を見ながらだったら、きっと俺は最後まで、先生への思いを言えなかっただろう。

ゆえに相手を無視して一方的に話す、という、ともすれば失礼に当たる行為におよんだわけだ。

「ジロくん」

しばらくして、コレットが俺の名を呼ぶ。

そこには動揺はなかった。混乱もなく、理性がきちんとある。

つまり……俺への返事が、頭の中にあるということだ。

俺は一度抱擁を解く。

俺より背の低いコレットが、俺を見上げてくる。

「……ありがとう。あなたの気持ち、とってもうれしかった」

……どきんっ、と心臓が嫌な感じで脈打つ。

明らかにこのあと、肯定的なワードが来るようには思えなかった。

「でもね」

ああ、やっぱりと思いながら、俺は彼女の言葉を待った。

「ごめんなさい」

☆

……ショックはさほどでもなかった。

当然だ。

だって相手は美しいエルフなのだ。

俺のような平凡なおっさんとでは釣り合わないと、俺自身がよくわかっていたからだ。

「理由を、聞いて良いか？」

コレットは目を伏せながら言う。

「だって私……まじりものだから」

俺を振った理由を、コレットが口にする。けどそれは、俺の予想に反したものだった。

てっきり、【ジロくんは私にとって生徒だから、異性として見られない】とか。

単純に好みじゃないから、とか、そういう理由でフラれたのだと思った。

だが出てきたのは、【まじりものだから】という、いささか得心しがたいものだった。

「まじりものって……どういうことだ？」

俺が尋ねると、コレットは言う。

「ジロくん。再会したとき、ふしぎに思わなかった？」

「ふしぎに思う……？」

「私の見た目。どこか違うなって、思わなかった？」

そう言われて、思い当たる部分があった。

再会したコレットは、俺の子供の頃と、寸分違わない容姿をしていた。

だがある一点だけ、彼女は昔とどこか違った。

俺はコレットの顔を、否、側頭部から生える長い耳を見やる。

コレットはエルフだ。長い耳はエルフの象徴だ。

だが……子供の頃見た耳の長さより、今のコレットのそれは、いささか短いのだ。

「そう……正解」

コレットは自嘲的に笑いながら、懐から小瓶を取り出す。

中には水薬が入っており、コレットはそれを一口飲む。すると——

「耳が……長くなってる」

コレットの耳が、しゅっ、と伸びて行くではないか。

「これは【外見詐称薬】。飲んだ人の見た目を変える、魔法の薬なの」

眼前のコレットが、記憶の中の先生の姿のまま言う。

記憶の中にいる、長い耳をしたエルフの少女のまま。

「これを飲んで、耳の長さを偽装してたの」

「それは……」

どうしてと言う前に、なんとなく理由を察してしまった。

長い耳はエルフの象徴。先生は外見を偽っていた。元々は短い耳。

そして【まじりもの】という単語。

「先生は……ハーフエルフなんですね」

正解、とコレットが小さく笑う。弱々しい笑みだった。

自分をさげすむ、卑屈な笑い方だった。

……見ていて、辛くなる笑顔だった。

「そう、私はハーフエルフ。純血のエルフじゃないの。人間との間にできたまじりもの。だから私は、故郷を追われて、そして……」

「俺の村でも、追放された……と？」

コレットはそれ以上何も言わなかった。

無言は肯定であると、文脈から容易く想像できた。

「エルフは純血を重んじる種族なの。ハーフエルフはまじりものだと、まがいものだと、そういう共通認識があったの」

「でも……実家を追われたのって先生が結構成長してからでしょう?」

俺の村に初めて来たコレットは、きれいな大人の女性だった。

ということは、実家にてある程度過ごしていたということになる。

「母方がエルフなの。父親は人間。お母さんが周りにバレないようにって、魔法薬を作ってくれてたの」

「ああ、エルフとして偽装しながら生きてたんだな」

「そう。でも私が成人してしばらくしたある日、お母さんが死んじゃったの」

エルフの成人は、人間換算で十八歳くらいのことを言うらしい。

「母が死んだ当時、私はまだ魔法薬の作り方を完全にマスターしてなかったの。つまり」

「薬の在庫が切れて、偽装がバレたのか」

偽装薬を作っていた母が死んだ。

つまり偽装できなくなった。

ハーフエルフであることがバレて、故郷を追われたと。

「そのあと里を追われた私は、しばらく放浪しながら、薬の研究に打ち込んだの。でも移動しながらだとどうしても集中できなかった。一カ所にとどまって研究がしたかった」

「だから……俺の村に来たのか？」

コレットがうなずいて、俺に背を向ける。

物置であるこの部屋にも窓があった。

窓の外を見ながらコレットが続ける。

「魔法薬は不完全だけど作れるようになってたの。不完全な偽装薬を使って、ジロくんの村に入った。エルフと身分を偽って、おいてくれないかって」

コレットの声には涙が、悲しみが混じっていた。

「あとはジロくんの知っているとおり。村で医者や教師をやりながら、魔法薬の研究を続けたの。不完全な薬を飲みながら、エルフだとみんなを、ジロくんを騙し続けたの」

きゅっ、とコレットが自分の体を抱いて言う。細い肩は震えていた。

「そうやって周りの人たちを騙しながら研究を続けて、完全な魔法薬が完成したの。やっと完璧なエルフになれるって思って、嬉々としてそれを飲んだ。でも……ダメだった。完全だと思った魔法薬は、不完全だったの」

「不完全……？」

「そう。よりにもよって村の大人たちの集会のときにね、みんなの前で魔法が解けちゃったのよ」

……なるほど。

エルフと思って村に入れた女が、実は身分を偽ったハーフエルフだった。

村長たちは、そのことに怒りを覚えて、コレットを追放したというわけか。

そして偽装を見抜けなかった己の無知さ加減を、子供たちに知られたくないから、コレットが出て行った理由を、子供に教えてくれなかった……と。

「………」

数十年ごしに、あのときの疑問に対する答えが、期せずして転がり込んできた。

それを聞いて、俺は……。

いや……。

それを聞いても、俺は……。

俺の、先生への思いは、変わらなかった。

「ごめんね、ジロくん。私、ウソつきなの。身分を偽って、周りから受け入れてもらえるように、必死になってウソをつき続けた、大ウソつきなの」

コレットは窓の外を見つめたままだ。俺の方を見てくれない。

俺は立ち上がって、彼女に近づく。

コレットは俺の気配に気づかず、言葉を紡ぐ。

「こんなウソつきが……ジロくんみたいな良い子に、好かれていいはずがないの。あなたに好きって言われる資格が、私には――」

ないの、と傷ましく言葉をひねり出そうとする彼女の体を、俺は背後から抱きしめる。

「ジロくん……?」

　コレットの甘い肌と髪のにおいにくらくらしながら、俺は言う。

「関係ない。先生がどうであろうと、俺の思いは変わらない。ハーフエルフだからなんだ。エルフじゃないからなんだ？　そもそも俺が先生を好きになったのは、先生がエルフだからじゃない」

　俺が先生を好きになったのは、
　先生が優しかったからだ。

　医者として働く先生がかっこよかったからだ。

　夜遅くに病人（おれ）が運ばれてきても、いやな顔一つせずに治療してくれたからだ。

　まだまだ先生を好きになった理由はたくさんある。

　もちろん先生の見た目の美しさも、好きになった理由の一つだ。だがそれ以外の理由は山ほど、それこそ数え切れないほどたくさんある。

「先生がハーフエルフだろうと、俺には関係ない。エルフのコレット先生が好きなんじゃない。俺はありのままの貴女（コレット）が好きなんだ」

　コレットが好きだから、俺は大金を失ってもいたくもかゆくもなかった。

　むしろ大好きなコレットのために何かができて、誇らしいくらいだったのだ。

　それらを伝えると……コレットが「……うれしい」とつぶやく。

「うれしい……ほんとうにうれしい……。ハーフエルフってわかった上で好きって言ってくれたの、ジロくんが初めて……」

　先ほどと違い、そのうれしいには、言葉と気持ちに乖離が見られなかった。

本当に、うれしそうだった。

「ねえ、ジロくんほんとう？」

くるり、とコレットが身を反転させ、うるんだ目で俺を見上げてくる。

「ほんとうに、私のこと、好き？」

コレットが尋ねてくる。うかがうように、確かめるように。

「ああ。大好きだ。今も昔も、あなたが好きで好きでたまらない」

言って……ちょっとくさいセリフだったかなと恥ずかしくなった。

「…………あのね、ジロくん」

ぽそり、とコレットがうつむきながら、小さな声で言う。

「ジロくんにね、さっき私、ウソついてたの」

「ウソ？」

「うん……。さっきジロくんに告白されたとき、すっごくすっごく、とっても、とぉっても、うれしかったの……」

コレットは耳を真っ赤にして、ぴくぴくと動かしながら言う。

「でも私はハーフエルフだし、身分を偽ってたし、だからごめんなさいって断ったの。でも……ほんとうは、こう言いたかったの。私もよって」

「それって……」

コレットが顔を上げる。

晴れやかな笑顔だった。

「ジロくん、私も、あなたが好きよ」

……コレットの返事を聞いたとたん、俺の心の中に、じわじわと温かなものが広がっていく。

それは言葉にしにくいが、あえて言うなら幸せという感情だろう。

「村に来た当初、みんな私がエルフだからってどこか避けていた。でもそんななか、あなただけが、普通に私に接してくれた。私に近づいてきてくれた。私が孤立しないようにって、いつも私に会いに来てくれた。そんな優しいあなたが、私好きだったの」

コレットが俺を好きな理由を聞いて、俺は……ちょっと気まずくなった。

「あの、先生。そのぉ……」

と、そのときだった。

「コレット」「え？」「……コレットって呼んでくれないと、いや」

ぷいっ、とコレットがほおを膨らませて言う。

「そっか。そうだよな。俺たちもう恋人同士だもんな」

「そうよ。恋人に先生なんてつけないでほしいわ」

拗ねたように唇を尖らせるコレットが大変愛らしく、俺は「ごめんな、コレット」と言って彼女の頭を撫でる。

「うむっ、許しましょう♡」

にこーっとコレットが明るい笑みを浮かべる。

「それでさっきジロくん、なにを言いかけてたの？」

小首をかしげるコレットに、若干の気まずさを覚えながら続ける。

「いやあの、コレットに毎日会いに行ったのって、単にあなたに会いたかっただけなんだけど。別に孤立しないようにとか、そういう意味は……うん、まったくなかった、です」

言ってからちょっとムードぶち壊しじゃないか、と反省する俺。

「もうっ。そういうことは言わなくてもいいのに。せっかくのムードが台無しよ」

「めんぼくない」

でも……とコレットが笑いながら言う。

「正直で大変よろしいっ」

コレットは笑って許してくれた。

良かった……。

「でもねジロくん。やっぱりムードをぶち壊した責任？　はとってほしいなー」

「どうすればいいんだ？」

んっ……とコレットが小さな唇を突き出してくる。

俺は彼女の肩を抱くと、コレットの瑞々しい唇に自分のものを重ねる。

彼女の唇は、おどろくほど柔らかく、そして彼女の唾液は、びっくりするくらい甘かった。

ややあって顔を離す。

「これで許してくれるか？」

「ううん、まだまだ。責任とってってって言ったでしょう？」

茶化すようにコレットが笑いながらこう言った。

「責任とって、私のこと……ううん、私たち全員のことを、しあわせにしてくれないと、ダメよ？」

それは是非も無いことだった。

「もちろん。元からそのつもりだよ」

「私と付き合うのって大変だよ。私貧乏で、孤児院にいるたくさんのお腹を空かせた子供たちを養っていかないといけないから、大変だよ？」

「関係ないよ。俺が幸せにしてやる。コレットのことも、アムたちのことも、みんなな」

俺の宣言を、コレットはうれしそうに耳をぴくぴくさせながら聞く。

やがてうれしそうに笑うと、俺に二度目のキスを求めてくる。

俺は彼女の要求に応え、愛しい恋人と、誓いのキスを交わすのだった。

☆

こうして俺は、子供の時からのあこがれの恩師と恋人同士になった。

そしてそれは同時に、ここで働くことが決定した瞬間でもあった。

恋人（コレット）も、子供たち（アム）も、俺は幸せにすると決めたのだから。

そんなわけで、冒険者だったおっさんは、引退して孤児院で先生をすることになった。

愛するエルフ少女と、かわいい獣人の子供たちと過ごす、第二の人生が、こうしてスタートを切ったのだった。

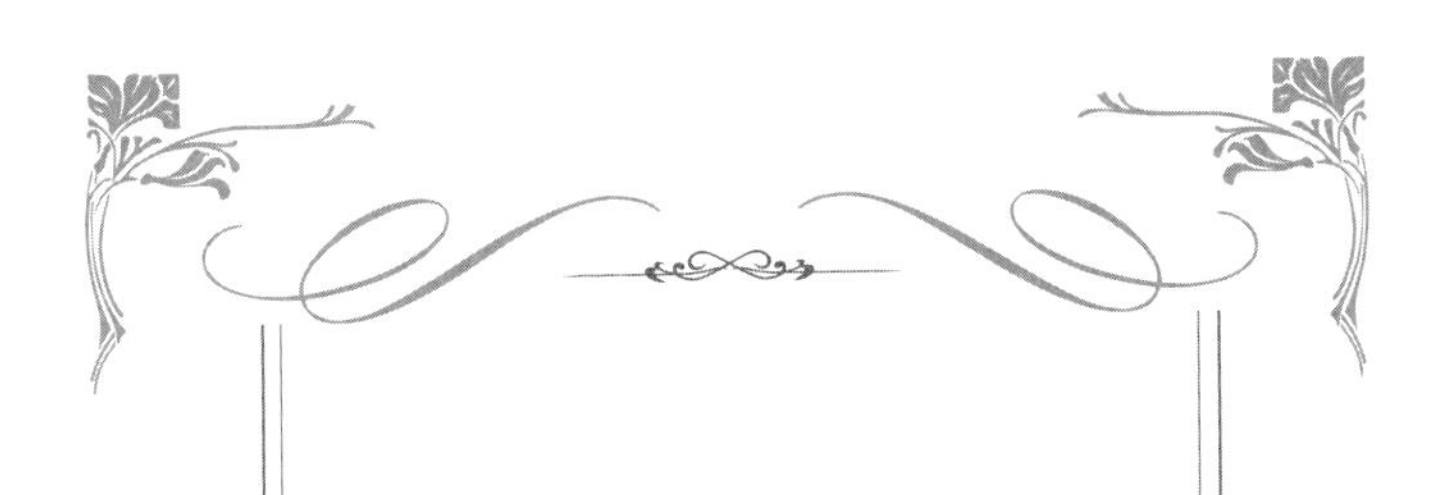

第2章

善人のおっさん、
冒険者を引退して孤児院の先生になる
エルフの嫁と獣人幼女たちと
楽しく暮らしてます

1話　善人、秘湯に入り、無限の魔力を手に入れる

コレットと結ばれたその日の夜。
俺はまた、幼い日の夢を見ていた。
愛しいコレットと、初めて出会った日の出来事だ。
あれは確か六歳くらいのこと。
その日、村に大雪が降った。
とてつもなく寒かったことを、今でも鮮明に覚えている。
外は寒いはずなのに、俺の体は、まるで炎の中にいるかのように熱かった。
体が熱く、頭はぼうっとして、夢と現実との境目が、曖昧になっていた。
だから俺は最初、浮かんできた光景は、夢だと思っていた。

——そこは地球の、東京という場所だった。

俺はそこでサラリーマンをやっていた。

毎日電車に乗って会社へ赴き、仕事をして、家に帰る。

仕事と言っても、この世界と地球とでは、内容がまるで異なっていた。

この世界と違って向こうでは、肉体労働よりも、頭脳労働が主であるようだった。

前世の俺は、パソコンの前に座って、一日中ぽちぽちと、何かを打ち込んでいた。

毎日その作業をしていた。代わり映えのない日々。

毎日辛いばかりの日常は、ある日突然に終わる。

その日、俺は道を歩いていると、酔っ払い運転のトラックに轢かれて……死亡した。

気づけば俺は、何もない白い空間にいた。

俺はそこで女神と出会い、【特別なチカラ】を授かり、異世界で生まれ変わることになった。

……みたいな内容だった。

今ではその光景が、前世の記憶であったとわかる。

しかし当時の俺は、それを夢だと思っていた。

熱にうなされながら、俺は「転生者」「特殊技能」と、謎ワードを連発していたらしい。

こりゃ大変だと両親は大慌て。

顔を真っ青にし、両親は俺を医者に連れて行こうとした。

だがこの村唯一のおじいちゃん医者は、俺を診察し、さじを投げた。

謎の高熱。意味不明な単語をつぶやく子供。

そして何より、いきなり手から【物体】を作り出した。

これにはおじいちゃん医者は大慌て。おれには手に負えないと診察拒否を食らう。

困り果てた両親は、ふと、つい最近村にやってきた、エルフがいることを思い出す。

魔法の知識を持ち、神秘に精通するエルフの民ならば……。

と一縷の望みをかけ、両親は俺をつれ、エルフのもとへと向かった。

そこで……俺は出会ったのだ。

『どうかしましたか？』

すっ……と耳に入ってくる、澄んだ声。

もうろうとする意識のなか、声のする方を見やる。

そこに……妖精がいた。

その人……ひと？　いや、妖精は、今まで見たどんなひとよりも、風景よりも、美しかった。

今思い返すと、このときすでに、俺はこの妖精、コレットに惚れていたんだろうなと思う。

ぼうっとコレットにみとれるのんきな息子とは対照的に、父親が必死の形相で、エルフ医者に懇願する。

『息子が高熱を出して死にそうなんだ！　助けてくれ！』

コレットはチラッと俺を見やると、

『わかりました、ベッドへ運んでください』

父親が俺をベッドに寝かせる。

コレットは右手を俺の頭に載せて、呪文を唱える。

相手の病気を調べる【光魔法】を発動後、コレットは俺を見下ろしつぶやく。

『あなた、もしかして……【転生者】?』

『てんせい、しゃ……?』

初めて聞く単語だった。

コレットは俺に『あとで説明するね』と小声でつぶやき、それ以降は治療に専念した。

代謝を促進する魔法と、鎮静作用のある魔法薬を俺に投与すると、俺の症状は落ち着いた。

その日、俺はコレットの診察所で一泊することになった。

翌日にはすっかり具合が良くなっていた。

『ありがと、その、せんせー』

ベッドで横になりながら、美しい妖精、コレットに礼を言う。

『いえいえ、どういたしまして』

にこやかにそう答えるコレットは、それはそれは美しかった。

『あの……てんせーしゃって、なに?』

美しい彼女を見ているのが、恥ずかしくなって、俺は話題をそらす。

『あなたの……えっと、ジロくんのように、前世が別の世界の人間のことを言うのよ』

前世とかいきなり言われても、と俺は困惑した。

『べつのせかいって……?』

『異世界。私たちの住む世界とは、異なる次元に存在する世界のことよ』

『よくわかんない……』

『そっか。いきなりじゃあね。わからないのなら、今はわからないままでいいと思うよ』

ゆっくり眠りなさい、そう言ってコレットは俺の頭を撫でてくれた。

……まあ、このときにはすっかり、コレットにぞっこんになっていた俺である。

翌日、元気になった俺は、転生者のことを聞きに来た、という理由でコレットのもとを訪ねた。

まあ単にこの美しいひとに会いたかっただけなんだがな。

そこで俺は、転生者についてのレクチャーを受けた。

この世界には一定数、別の世界の住人だった前世を持つ人間（転生者）、別の世界から転移してきた人間（転移者）がいる。

彼らは共通して、【特殊技能（スキル）】と呼ばれる、魔法とは異なる特別な能力を持つ。

などのことを教えてもらった。

『【特殊技能】ですか……』

『そう。ジロくんの持っているのは【複製】スキルみたいね』

『どういうスキルなんですか？』

『ものや魔法を複製……コピーできるスキルね』

そう聞くと結構レアなスキルな気がした。

『でもジロくん、気をつけないとだめよ。スキルの使用には魔力を消費するの』

『まりょく……』

『そう。ようするに使用回数に上限があるの。ジロくんの場合は、魔法か物体を、1日に4回まではコピーできる。本当は五回できるけど、五回使ったら魔力が0になるわ』

『そうなるとどうなるの？』

『魔力の源である精神力を回復させようと、気を失ってしまうのよ。家の中ならいいけど、危険な森の中で気を失ったら、たいへんでしょう？』

俺はコレットからスキルのことを色々と教えてもらった。

そして上手に使えるように、訓練を手伝ってもらった。

これが俺とコレットの初めての出会いであり、俺がコレットを好きになった瞬間の出来事だ。

☆

とてつもない幸福感に包まれて、俺は目を覚ます。

「…………」

目覚めは最高だった。

なにせ恋人と最初に出会った瞬間という、人生で二番目に幸福な出来事を、夢に見たからだ。

では人生で一番幸福な出来事とは何か？

「んっ…………。すぅ…………。んんっ…………」

言うまでもなく、コレットが俺の恋人になったこと。それ以外にあるはずもない。

「すぅ…………すぅ…………」

仰向けのまま、俺は右隣を見やる。

金髪のエルフの少女が、薄い寝巻き一枚のまま、俺の隣で寝ているではないか。

黄金のごとく美しい金髪。

男の理性をうばい野獣にしてしまうほど、魅力のある大きな胸と尻。若く張りのある白い肌。

この少女こそ、俺の恩師であり思い人、名前をコレットという。

ちなみに年齢は人間で換算すると十八歳らしい。

人間基準で言えば、コレットは俺より年下である。が、実年齢は俺の何倍も上という。

年上の彼女なのか、年下の恋人なのか、判然としない。

が、いずれにしろ俺の女であることには相違なかった。

そう……彼女は、俺の大事な恋人に、昨日なったのだ。

「恋人、かぁ……」

美しい妖精が、俺の女になった。……うん、実感わかないな。

ただ隣で安心しきった表情で眠る彼女を見ていると……。

ああ、このひとは俺の恋人なんだな、という実感がじわじわとわいてくる。

美しいエルフの寝顔を、じっくりと見ていたそのときだった。

「ジロくんのえっち」

ぱちり、とコレットが目を開けると、じとっと俺のことを見上げてきた。

「ごめん。あんまりにも寝顔がかわいくてな」

そう言って、俺はコレットの巨乳を、服越しでもめちゃでかいそれを凝視する。

「ジロくんっておっぱい好きなのね～。昔も今も」

「昔もってなんだよ？」

「だって子供の頃のジロくん、私のおっぱいばっかり見てたわよー。なつかしーわぁ」

なんということだ。

俺がコレットの爆乳をガン見していたことを、気づかれていたとは。

「ガキのときのことだけど、その、すまなかったな」

「まあまあ。男の子ですもの、ちょっとえっちな面があってもしょうがないと思うわ。むしろ健康的？　健全健全」

くすっ、と笑うコレット。見た目は少女でも、さすがは百年以上生きているエルフ。

大人の余裕があった。なんだか負けた気分。

よせよと思いつつも、俺はちょっとからかうことにする。

「さすがコレット、大人の余裕だな。百年以上生きてるだけはある」

「ふふっ、そうでしょうとも。ジロくんより遥かに長く生きてるんですからねっ」

「でも百年以上生きてても処女だったんだな、コレットって」

と昨日発覚した事実を告げる俺。

するとコレットは顔を真っ赤にした。

耳の先の先まで朱に染まっている。

耳は恥ずかしいのか、ぴくんぴくんと小さく痙攣していた。

「もうっ。ばかっ。ばかっ。ジロくんのデリカシーなしっ！」

ぺんぺん、と俺の肩を叩いてくる。

「からかってごめんって」

俺は笑いながら、コレットの頭を右手で撫でる。

コレットは目を細める。長い耳がぺちょんと垂れ、蝶が羽ばたくようにぴくぴくと動いている。

俺は右手をコレットの頭から離す。

するとコレットは、俺の右手を見ながら、不思議そうに首をかしげる。

「そう言えばジロくん。昨日の夕ご飯のときも思ったんだけど」

どうして、とコレットが続ける。

「どうして利き手の左手を使わないの？」

コレットは子供の頃の俺を知っている。当然、俺が左利きであることも。

だがコレットは、俺が五年前にケガを負ったことを知らないのだ。

俺はコレットにケガのことを伝える。

するとコレットは、「ちょうど良いわ」とすくっと立ち上がる。

「ジロくん、お風呂いかない？」

「風呂？」

「うん、お風呂。昨日あのまま眠っちゃったじゃない？」

あのままとは、まあ、昨日の晩のことだろう。

俺たちは昨日の今日で風呂に入っていなかったので、汗びっしょりなのだ。

「そうだな。でも今からお湯を沸かすのって大変じゃないか？」

薪に火をつけて、お湯を沸かすのは、この世界では重労働だからな。

そんな労働を、朝から彼女に強いたくない。

という俺の懸念に反して、コレットはクビを横に振る。

「大丈夫。ウチの孤児院自慢の、天然のお風呂があるのよ♡」

☆

孤児院自慢のお風呂とは……温泉のことだった。

「すげえ……露天風呂だ」

孤児院の裏から、森の中へと歩くこと数分。

森の中にその温泉が湧いていた。

日本式の露天風呂とは、趣が違う。まず湯船の周りを石で囲っていない。

一見すると水たまりのように見える。

湯船の色は緑色だった。

緑、というか、なんだろう。

白と緑の絵の具を混ぜて、それを絵の具のバケツに入れたあとの水、みたいな色をしていた。

外見が緑色の水たまり、というちょっと引くレベルの見た目だが、ちゃんとした温泉だった。

俺たちは並んで温泉に浸かる。

「なんだこれ…………」

思わず意識が遠のきそうになる。

コレットに肩をゆすられて、俺は忘我の境地から戻ってきた。

「気持ちいいでしょ？」

「ああ、すごくな」

湯に入った瞬間、昨晩のまぐわいの疲れが一気に吹き飛んだ。

昨日は藁の上でいたしたので、ヒザを痛めていた。また腰も痛かった。

だのに、それらの痛みが、一瞬にして消し飛んだではないか。

「どうジロくん？　我が家のお風呂は」

「ああ、最高。疲れが消し飛ぶって、こういう感覚のことを言うんだな」

蓄積された体の痛みや疲労が、いっきに解消された。

これが温泉の効能だろう。なるほど、自慢の風呂だけある。

するとコレットは、

「まさか。ウチの自慢のお風呂くんは、もっとすごいんだよ？　あ、ほら見て」

そう言って、隣で湯船に浸かるコレットが、俺の左手を持ちあげる。

「見てってなにを……こ、これは!?」

俺の左手は、モンスターによって傷をつけられたせいで、正常な機能を失った。

だのに……。

左手の傷が、すっかり消えているではないか。

「どういうことだ……？」

「傷が消えるだけじゃないの。我が家のお風呂くんのすごいところはね……」

コレットは「気づいてない？」と言うと、

「ジロくん、腕、なおってるのよ」

言われて、左手を動かしてみる。たしかに動いた。

「……そうか。わかったぞ。この温泉、ケガを完全回復させるのか」

「正解っ、よくできましたっ」

そう言ってコレットが俺の頭を撫でてくる。

先生・生徒時代を思い出して、気恥ずかしさと懐かしさを覚えた。

「そう、ここは【竜の湯】。文字通り竜が頻繁に入りに来る温泉なの」

唐突な竜というワードに、俺は首をかしげる。

「竜が、入る？　この温泉に？　確かなことなのか？」

「ええ。その証拠に、この温泉には【完全回復】の効能があるの。で、竜の体液……血液や汗には、浴びたものの体力やケガ、病気、魔力さえも、文字通りあらゆるものを完全に回復させる力があるんですって」

なるほど……。

竜の体液が持つ成分が、温泉に含まれている。

ゆえに温泉の効能と、竜の体液をあびたときの効果が一緒。

ということは、竜が汗をこの温泉で流した……その汗が温泉に含まれて、完全回復の効能を示すってわけか。

「ここら辺一体は天竜山脈って言って、文字通り天竜さまがすんでいるの。で、たまに天竜さまが山から下りてきて、ここに来るのよ」

コレットの語り口に、気になるワードが入っていた。

「え？　それって今もか？」

「そうよ。毎日じゃないけど、ときどき山を下りてきて温泉に入っていっているわ。すごくたまにだけど、私と一緒にお風呂に入るときもあるの」

すごいなコレット。

竜と一緒に風呂に入るなんて……。

「俺も天竜さまに会ってみたいな。会えるかな？」

「ううん、どうだろう。人見知りするからなぁ、あの子」

口ぶりから、天竜さまは子供？　なのだろうか。

あの子とか言っているし。

「俺も一度くらい見てみたいな、そのドラゴン」

この世界にドラゴンがいることは知識として知っている。

だが長く冒険者をやっていても、ドラゴンの顔を拝んだことは、一度もなかった。

だから一度くらいはな。

まあコレットが竜と一緒に風呂に入るのも、ごくたまにと言っていた。

そんなに毎日山を下りてこないのなら、まあそうそう出会えるわけがないか。

「……それって天竜さまが女の子だから?」

むぅ、とコレットが唇を尖らせる。

「まさか。単純にドラゴンを見たいっていう興味だよ」

「そっか。そっかそっか、ならうん、よし。許しましょう」

うんうん、とコレットがうなずく。

何を許すんだ?　と聞いたら女の子の秘密と言って教えてくれなかった。

わからん。

それはさておき。

俺は竜の湯にコレットとつかる。

昨日の疲れは完全に吹き飛び、ケガで動けなかった左手は、動くようになった。

すごいなこの湯の完全回復能力。

……ん？　完全、回復？

「なあコレット。さっき完全回復って言ったよな」

コレットが首肯する。

「竜の血は、ケガや体力だけじゃなくて、魔力も完全回復させるとも、言ったよな」

「ええ。それがなにか？」

……この温泉には、竜の体液が含まれている。

竜の血には、魔力を完全回復させる力がある。

なら……。

まさか……。

俺は立ち上がる。

「ジロくん？　どうしたの？」

「いや……ちょっと試したいことがあって」

俺はそう言って、俺の特殊技能（スキル）、【複製スキル】を発動させる。

一回目。物体生成。木の桶。

二回目。物体生成。お風呂おもちゃのアヒル。

三回目。物体生成。綿（コットン）のバスタオル。

四回目。物体生成。スポンジ。

「これで四回。そして……次で、上限の、五回目」

俺は意を決し、手を中に、向ける。

ここで魔力切れを起こしても、コレットが介抱してくれるだろう。

ただ、その可能性は万にひとつも無いという、自信が俺にはあった。

俺は複製を開始する。

「【複製】開始→魔法→火属性魔法【火槍(ファイア・ジャベリン)】」

スキルが発動すると、魔法陣が手のひらに出現。

炎の槍が、空に向かって勢いよく射出される。

……問題なく、複製は行えた。

五回目の、上限を超えて。

「まさか……」

俺は炎の槍を何本も出現させる。
十、二十、三十……。
三十本もの炎の槍が、よく晴れた青空に向かって飛んでいく。

複製を、三十回連続で行っても、温泉に入った状態なら、魔力が切れることはなかった。

つまりこの、竜の体液が混じった温泉につかると、魔力が完全に回復するらしい。

「これは……すごいぞ……」

俺のスキルは、便利だが魔力切れというかせがあった。

だがこの風呂に入れば、魔力は完全に回復する。

それどころか、風呂の中に入っていれば、無尽蔵に複製を行える。

この孤児院で働くことになり、この竜の湯に入る権利を手に入れた俺は……。

……無限の魔力を手に入れたに等しい。

不自由だったはずの左手を、ぎゅっと握りしめる。手には汗をかいていた。

高揚感が半端ない。

だって、この竜の湯と、俺のスキルがあれば、コレットやアムたちに、もっと良い暮らしを提供してやれるのだから。

2話　善人、獣人たちと温泉へ行き、チートっぷりを披露する

コレットと孤児院の裏にあった温泉、【竜の湯】に入った。

間接的にだが、俺は無限の魔力を手に入れたこととなった。

その数時間後、夕方頃の出来事だ。

俺は孤児院の獣人少女たちを連れて、竜の湯に向かっていた。

「おふろなのですっ。おふろだいすきなのですっ！」

「びば、のんのん」

「…………」

俺の隣をウサギ娘のラビ、きつね娘のコン、そして犬っこのキャニスが歩く。

ラビはウキウキとした表情。

コンはいつもの平坦な顔のままだが、しっぽがファサっファサっと機嫌良さそうに動いている。

問題はキャニスだ。

「うへー……、です……」

明らかに沈んだ表情で、とぼとぼと歩いている。

足取りは重く、何度も立ち止まりそうになる。

「どうした、キャニス？」

「うう……おにーちゃん、ぼくはおフロにはいりたくねー、です……」

なんと、キャニスは風呂嫌いなのか。

確かに犬ってあんまりお風呂好きなイメージないよな。

「ダメだぞキャニス。きちんと風呂は毎日入らないと」

「いちにちくれーはいらなくても、しなねーです」

腕で×を作るキャニスに、コンがちょこちょこと近づいて言う。

「キャニス、のー。またそんなこどもみたいなことといって」

「おいコン、ぼくはこどもだぞ、です」

「あ、そうだった。こどもだった、このこ」

「おめーもだろうです！」

かー！　と犬歯をむくキャニスに、コンが笑いながら「そーりー」と謝る。

「ん。あやまったからゆるしてやるです」

「かんよーなこころいき。すてき。ほれてまう」

ぽっ、とコンがほおを両手でつつんで、しっぽを振るう。

その一方で、俺はキャニスに尋ねる。

「風呂って言うか水が嫌いなのか？」

「そうじゃねーです。あのみどりいろのみずたまりにはいるのがこえーのです。そこなしぬまみたい」

言われて確かにと思う。

昨日見た竜の湯の様子を思い返す。

温泉の名前がついてはいるものの、あきらかにでっかい水たまりだった。

お湯の色が濁った緑色であることも加わり、なるほど沼とはぴったりな表現だな。

と得心していたそのときだ。

「確かにキャニスの言うとおりね。風呂なんて入らなくても死なないわ」

俺の左隣から、同意する声がした。

そこにいるのは短髪赤毛の猫娘、アムだ。

「アム、おまえも風呂嫌いなのか？」

「そうね。風呂自体も嫌いだし、あとキャニスの言うとおり温泉の見た目がちょっとね。効能はすごいとは思うわ。けどビジュアルって大事だと思うの」

うんうん、とうなずくアム。キャニスもアムをまねてうなずいていた。

まあ言いたいことはわかる。

だがその前に、

「あのさ……アム」

「な、なによ……」

「いやおまえ、どうして俺たちについてきてんだよ」

本来、俺は子供たちだけを風呂に入れにいこうとした。

だのに、アムもついてきたのである。

アムはキャニスたちと同じ子供ではあるものの、彼女たちよりは年を重ねている、少女だ。

少女（聞いたところ十五歳だという）とおっさんが同じ風呂に入るのは……。

ちょっとどうなんだろうか？

「し、しかたないでしょっ！　コレットは出かけちゃってるし、あんたひとりで、あの子ら全員の面倒見切れるわけ？」

「うっ……。自信ない」

コレットは昼頃から、諸用で近隣の村に出かけている。どうやら医者として出張しているらしい。

そうやって孤児院の資金を調達しているのだそうだ。

出かける際、コレットから子供たちをお風呂に入れといて、というミッションを俺は受けたのだ。

「あの子たち元気すぎるから、体洗うのも一苦労よ。キャニスは逃げようとするし。特に獣人は毛の量が多いし、しっぽまで洗わないといけないから、ほんと大変なのわかる？」

そう言われるとひとりでこのミッションをこなすのが難しいように感じた。

「だからあたしが一緒についてきてるってわけ」

「なるほどな。アム、ありがとと」

アムはちょっと態度がきついが、しかし優しい子なのである。

「ふんだ。別にあんたのためじゃないわよ。あの子たちのためだし」

ぷいっと俺から顔をそらすアム。

素直じゃないなって思った。

温泉までもうちょいかかりそうだったので、俺はアムに向かって話す。

「でもアム。さっきのおまえとキャニスの話、そのとおりだと俺も思うよ」

「さっきの……？」

「竜の湯が沼とか池にしか見えないってやつ。初めてあれ見たとき、俺も同じ感想だった」

あの温泉、温泉のくせに、ぜんぜん温泉っぽくないのだ。

露天風呂なのに、岩で縁取りされてない。

さらに湯船の中の地面も、土が丸だしなのだ。

「そうよ。地面が土だから、座るとお尻にぬちゃって泥の感触がして気持ち悪いわ。ほんと水たまりに入った気分になるの」

温泉は森の中にドンとあるだけで、脱衣所もないし、体を洗う場所もないのだ。

つまり、湯船自体もそうだし、湯船の周りも、いっさい舗装されてない、文字通り天然のお風呂なのである。

猿などの動物が入るならそれでいいかもしれない。

しかし人が入るにしては、竜の湯は文明の息吹をまったく感じさせない。

それらをアムに言うと、彼女も俺と同じ感想を抱いていた。

大きくうなずいて同意してくれた。

しっぽが同期するようにちょこちょことうなずいていて、かわいらしかった。

それはさておき。

「だと思ってさ、俺、ちょっと手を加えておいたんだよ」

「手を加える？　どういうこと？　あんたが朝からどっかに行ってたことと関係あったりする？」

俺は朝、コレットと風呂に入ったあと、あそこで色々と作業していたのだ。

知られていたのか。

「まあ、行けばわかるよ」

ここで色々と言うより、実際に見てもらう方が早いからな。

もうあとちょっとで温泉に到着しようとしている、そのときだった。

「なぁ!?　なんじゃこれーっ！」

とキャニスの大声が、前方、つまり温泉の方からするではないか。

「げきてき、びふぉあふたー」

「あ、あれあれ、いつものおふろじゃなくなっているのですっ」

コンとラビも異変に気づいたようだ。

「な、何かしたのあんた？」

「まあな。さっき言ったろ、ちょっと手を加えたって」

首をかしげるアムとともに、俺たちは温泉へと向かう。

そしてアムは驚愕に目を見開いた。

眼前の、俺の手が加わった、温泉を見て。

☆

竜の湯に到着してから、数分後。

俺は腰にタオルを巻いた状態で、子供たちの髪を洗っていた。

そこに、アムがやってくる。

「なにこれ……ちゃんと温泉になってるじゃない」

アムはそのほっそりとした体に、俺の用意したバスタオルを巻いて、俺の近くにやってきた。

体に密着したタオル越しに、おへそのラインが見えた。

「ああ、ちゃんとバスタオルの使い方知ってるんだな」

「ば、ばかにしないでよ、知ってるもんそれくらい」

ぷくっとアムがほおを膨らませる。

「それで……どう？」

アムがそっぽを向きながら、ちらちらと俺に、何かを期待するような目を向けてくる。

「？　どうってなにが？」

「だからあたしの……」

「アムの？」

「か、からだとか、む、むね……なんでもないわよ！　ばかっ！」

よくわからないが、怒ったアムが俺のケツを蹴ってきた。痛え。

顔を赤くしながら怒っていたアムが、

「で、それでこの温泉の変わりっぷりは、あんたのしわざなのね」

「まあな」

アムが背後を見ながら、

「あそこって脱衣所？」

視線の先には、木の板で四方を囲われたスペースがある。

ドアが一つだけついており、窓はない。

まあ天井もないので、上空から見下ろせば、中の様子は見える。

が、空を飛ぶ人間なんていないし、脱衣所としてはちゃんとあれで機能している。

中には棚も作って、脱衣カゴも置いておいた。

「ついたても棚も結構良質な木でできてたじゃない。よく木材があったわね。買ってきたの？　それとも自分で木を切って加工した感じ？」

子供たちと違って、ある程度ものを知っているアムは、さすがに木を切ったら自動で木材になるとは思っていないようだった。

「いや、違うよ。スキルでコピーしたものを出した」

俺はものをコピーして再現する、【複製】スキルという、特殊技能を持っている。

「街にいたとき、友達に大工の頭領がいてな。そのときに木材やら工具やらをコピーさせてもらったんだよ」

木材とハンマーやのこぎりなどを複製し、あの脱衣所を作ったのだ。

脱衣カゴはそのまま、前世で銭湯へ行ったとき使ったものを複製したのである。

俺には前世の、地球人としての記憶がある。

どうやらそのときに見たものも、複製ができるようだった。

俺は子供たちを連れて、温泉の隅っこへと移動。

湯船に入る前に、子供たちの髪と体を洗うことに。

「複製……。じゃああの脱衣所のカゴも、このタオルもスキルでつくったってわけ？　信じられない……そもそもその複製ってスキルなんなの？」

興味を引かれたのか、アムが俺に尋ねてくる。

俺が説明する前に、ラビがアムに言う。

「にーさんってすごいのですっ！　このみずみたいなせっけんとか、からだごしごしするタオルとか、このイスとかも、ぜーんぶにーさんがだしたらしーのですっ！」

ラビがキラキラとした目を俺に向けてくる。ちょっと気恥ずかしい。

「にぃ、てまってーる」

俺の前に座るコンが、ぺしぺし、としっぽで俺の腕を叩く。

「てまってるってなんだ？」

「てが、とまっとーる」

その略語らしい。

「すまんな。髪洗ってる途中で話し込んじゃって」

「むーもんだい、はよつづけて」

おそらくモーマンタイと言いたいのだろう。俺は苦笑しながら、洗髪を再開する。

洗いながらも話せるしな。

俺はそばに置いてあったシャンプーのボトルを手にとって、中身を少量手のひらに出す。

手で泡立てたあと、しゃこしゃこと、コンの頭を洗う。

「ふぉぉおお……ごくらくへぶん……」

コンの耳が、ぺちょんと垂れる。

その頭にはシャンプーハットがかぶせられていた。

「これ、やべーい。すげーい、つえーい」

コンがシャンプーハットを手で触りながら言う。

ラビも同意見なのか、こくこくうなずきながら、

「すごいのですっ！　これかぶってれば、めにせっけんのあわが、はいらないのですっ！」

「かくめー、てき」

裸体の幼女たちが、しっぽをぷるぷるぴくぴくと震わせて、喜びを表現する。

「ラビ、それは石けんじゃない、シャンプーって言うんだ。そして頭のこれはシャンプーハットって代物だ」

俺が幼女たちに説明するのを、アムも後ろで聞いていた。

「なにこれ……みたことない。この液体……石けんなのね。でもすごい、泡立てやすい。それに、においもすごく良いわ」

アムがシャンプーを指先にのせて、すんすんと鼻を鳴らしながら言う。

彼女の赤いしっぽが、くねりくねりとゆれる。

「これもあんたが複製したものなのね」

「ああ」

「……なんとなくわかったわ。複製って物をなんでも作り出す能力なのね」

「まあそうとも言えるんだが、そうじゃないとも言えるな」

「はぁ？　どういうこと？」

ちょっとまってろ、と言って、俺はコンの髪を洗うのを止める。

そばに落ちている、ホースを手に取る。

「それは？　チューブ？　先になんかついてるわね」

長いゴムのホースの途中に栓(コック)と、そして安物の陶器のコップがついている。

コップの底はハンマーで穴を開けており、そこにホースの先がくっついている。

そしてコップの口は布で覆われており、よく見れば穴が空いているのがわかる。

「それなに？」とアム。

「見てろ」

俺はホースを持って、栓をひねる。

すると。

「ヒッ……！　ヒャアアアアアッ！！！」

といつも平坦な声のコンが、珍しく大きな声を上げていた。

それくらいびっくりしたのだろう。

「すごいのですっ！　チューブのさきからしゃぁああってあめがでてるのですっ！　あめをふらしてるのですー！」

「んもぉ、びっくりした。しんぱいていしするとこですよ」

と驚く子供たち。

俺はコンにごめんなと謝ると、「さぷらいずぱーてーはこーぶつだからいいよ」と許してくれた。

なんだその理由。けど悪いことしたのは事実だから反省しよう。

それはさておき。

アムは目を剝きながら、「それなに」と聞いてくる。

「これはシャワーだ。簡易的なやつだけどな」

ホースの端を、お湯の噴き出ている場所に設置し固定する。

水圧によってホースの反対側からは、いきおいよくお湯が噴き出る。

あとは噴き出し口をつくってやれば、穴の空いた布から、霧雨のごとく細かい水が出てくるというわけだ。

シャワーにかかった諸々の物品はスキルで出した物。

それらを組み合わせて、シャワーを再現してみせたのだ。

初めて作ったにしては上出来か。

「すごいのですー！　あっというまにアワアワがなくなったのです！」

「さっぱり、ぱりぱり」

ぶるぶる、と動物のようにコンが頭を振るう。

「飛ぶからやめろって」

「だが、ことわる」

そう言ってコンは、ラビと一緒に湯船へと走って行った。

先に湯に浸かっているキャニスと合流し、

「ふへ～……」

「ほへ～……」

「はわぁ～……」

と、子供たちが心地よさそうな声を上げる。

獣耳が、いっせいにぺちょんと垂れた。

お湯に入れたとろろ昆布みたいだ。

アムは子供たちを見ながら、

「このシャワーとやらも、あんたが出したの？」

「いや、俺が作った。材料はスキルで出したけどな」

「？　シャワーってやつをスキルで出せば良いじゃない？」

「まあそうなんだが、けどそれはできないんだよ」

「？　何でも出せるんじゃないの？」

俺はアムを見上げる。

アムの猫のようなくせっけも、皮脂でべたついているみたいだった。

風呂嫌いみたいだし、髪を洗うのも苦手なんだな。

よし。

「アム。説明してやる。けどその前にここへ座れ。体に巻いてるタオルとって裸になれ」

俺はさっきまでコンが座っていたイスを、ぽんぽんと手で叩いて言う。

「は、はぁっ!?　な、なによなにするつもりよっ!?　へんたいっっ!!」

なんか知らんが、アムが顔を真っ赤にして犬歯を剥いてきた。

「いや何するつもりも何も……髪洗うだけだぞ。髪を洗い流すとき、体にタオル巻いてあったら、タオル汚れちゃうだろ？」

俺がそう言うと、アムは顔をゆでだこみたいに真っ赤にした。

そして「まぎらわしいのよバカぁ!!」と言って回し蹴りを食らったのだった。なにゆえ？

☆

俺はアムの髪を洗いながら、複製スキルについて解説する。

「出せる物、複製できるものには条件があるんだよ」

アムは俺の前で、小さく肩をすぼめている。

なんかしらないが、体が熱でも出てるみたいに真っ赤で熱を帯びていた。

「……なんであんた、平然としてるのよ？」

「？　何の話だ？」

「なんであたしの……女の、その、はだか見て、平気なのって」

「え？」

いや別に子供(アム)の体（背中だけだが）を見ても、なんとも思わないのだが。

それにアムは俺たちの家族。いうなれば娘的な存在だ。

父親が娘の裸を見ても、なんとも思わないみたいな、そんな境地に俺はいる。

「……胸なの？　胸がないからいけないの？」

「え、なんだって？」

なんでもないわ……と沈んだ声音でアムがつぶやく。

「それでなんだっけ……条件？　複製できる物に条件なんてあるの？」

アムが俺に頭頂部を洗われながら聞いてくる。

彼女の猫耳に、ときおり俺の手が触れる。するとピャッっと氷を背中に入れられたみたいに、過剰反応するのだ。

「ああ、複製には三つの条件がある。その条件を満たす物体、および魔法しか複製できないんだ」

ちょっと迷って、アムの耳も洗うことにする。猫耳にも毛が生えているしな。

耳全体を揉むようにして洗う。

「やだもうっ。ばかっ。もっと優しくしなさいよぉ……」

どうやら猫耳には、人間と違って神経が結構通っているみたいだ。

まあ獣人って耳動かせるからな、人間と違って。

「で、三つの条件って？」

さっきより丁寧に猫耳を揉んでやりながら、俺が答える。

「複製したい物の【姿】、【名前】そして【経験】。その三つを俺が把握していることが条件になっている」

より正確に言うと、こうなる。
・【姿】↓コピーするものを、実際に目で見たことがあること。
・【名前】↓コピーするものの名前を知っている。
・【経験】↓コピーするものの実体験の記憶。
「そのふたつはなんとなくわかるけど、最後の経験ってなに？」

確かに三つめの条件が一番わかりにくい。

というか、もっとも複雑で、言葉にしにくいのだ。

「そうだな。それを教えるのはいいんだが、いったん区切るか」

「？　なんでよおしえなさ…………くしゅっ」

アムが小さくくしゃみをする。

「体。冷えるだろ？」

ここは温泉、露天風呂だ。入るときは当然服を脱ぐ。外気に肌をさらすことになる。

長い時間裸で外にいたら、風邪を引いてしまう。

「風呂に浸かりながら説明するよ」

アムの髪をシャワーで流してやる。

その後スキルで複製したボディソープをスポンジに含ませて、彼女の背中をこする。

「じ、じぶんでやるわよ！」

と反発していたアムだが、
俺が背中をこするたびアムがくすぐったそうな声を出す。

最後にシャワーで体を洗い流してやる。

「さきに湯船に浸かってな。後から行くから」

「はぁ……はぁ……わかったわ……」

アムはふらついた足取りで湯部へと向かっていった。

俺も手早く髪と体を洗って流す。

「よし、ちゃんとできてるし、ちゃんとキンキンに冷えてるな」

風呂場の端っこに置いてある、【風呂上がりの楽しみの準備】がちゃんとできているかを確認して、湯船へと向かう。

湯船は大きめの石で縁取られている。

石に片足をかけて、湯の中にもう片足を入れる。

辺縁には石の階段があって、それらを足がかりにして、徐々に腰を湯船に沈めていく。

アムは右前方にいた。

縁に背をもたれさせて、湯船の中に座っている。

「またせたな」

俺はアムの隣に移動し、腰を下ろす。

「…………」

「ちゃんとタオル取ってるな。えらいぞ。湯船にタオルを巻いて入るのは、マナー違反だからな」

さっきまでアムが身につけていたタオルが、湯船の外に、折りたたまれておいてある。

彼女は今、何も身につけていない。

だがここの温泉は濁り湯であるため、彼女の局部は、湯の下に沈んで見えない。

俺が隣に来ると、アムは「はぁあああ…………」とでかいため息をついた。

「……完全に娘ポジションじゃない」

「え、なんだって？」

なんでもない、とアムがふくれ面で言う。

「まあなんでもないならいいけど」

「……よくないわよ、ばかっ」

ぺしっ、とアムが自分のしっぽで、俺の肩を叩く。

耳と一緒でしっぽも自在に動かせるらしい。

「で、この湯船もあんたいじったの？」

アムが俺に尋ねながら、湯船を縁取っている大きめの石を叩く。

「前のは風呂って言うか水たまりだったろ？　だからそれっぽい見た目にしようって思ってな」

スキルで適当な岩を複製し、水魔法【水圧刃（ウオーターカッター）】で岩をカッティング。

湯船を縁取り、そして湯船の中と湯船の周りに石畳を敷く。

「これで風呂に入る前に、足が泥でべとべとになることはないだろ？」

縁を作ったことで、お湯が湯船からこぼれるのを防ぐ。

仮にお湯が出て行ったとしても、石畳を敷いているため、泥で滑って転ぶ心配もなくなった。

石で色々設置しただけで、温泉っぽさがグッと出た。

「あと湯船入るときの階段も、これいいわね。キャニスたちが入るときは、いつもあたしかコレットが先に入って、抱っこして入れてたけど」

「これならあの子たちが自分で湯船に入れるだろ？」

「そうね。それに階段にこうして腰掛けて湯に浸かることもできるし、便利ね」

一度入ったとき問題点をいくつも発見したので、それらをスキルを使い、つぶしていったのだ。

前の温泉は、なんというか、地面に掘った穴にお湯が入っていただけだったので、色々不具合がありまくりだった。

「うぉおおお！！！　おふろがデラックスになってやがるです！」

先に湯船に入っていた犬っこが、湯の中で元気よく泳いでいた。

来るときまでの暗い表情はどこへやら。

「もう怖くないか？」

「おー！　もーぬまじゃねーからこわくもなんともねー、ですっ！」

どうやらキャニスの風呂への苦手意識が、薄まっているようだった。

良かった良かった。

「で、さっきの話の続き、三つめの条件【経験】についてな」

俺は複製スキルを使って、湯船に浮かぶアヒルのおもちゃを作る。

キャニスたちの方へ、とんと手で押すと、アヒルのおもちゃが進んでいく。

「むむむ、てきせっきん」

「はわわっ！　あひるさんなのですー！」

「ばかおめー、こんなとこいたらゆであがっちまいやがるです！　はやくでてけやですー！」

わあわあわあ、と子供たちがおもちゃにびっくりしている。

動くおもちゃなんて、こっちの世界にはないからな。

「すていキャニス。このアヒルちゃん、おもちゃだ」

コンが真っ先に、アヒルが作りものであることに気が付く。

「おもちゃ?」

「たぶんここのねじまわすとうごく」

コンがアヒルを手に取って、側面についているネジを巻く。

アヒルはお湯の中をぴょこぴょこと動き出す。

「うごいた!」「すごいのです!」

きらきらと視線を、おもちゃと、そしてコンに向けるキャニスとラビ。

「コンおめーよくわかったなです」

「ふふふ、はくしきコンちゃんとよびたまへ」

子供たちはアヒルがおもちゃであることに気づくと、「よこせ」「よこせや」「かしてなのですー!」と取り合いが勃発した。

それをながめながら、アムへの説明を再開する。

「【経験】とは、まあ言葉通りだ。その物体を触ったことがあるとか、複製する物体を食べたことがあるとか、そういった五感情報・体験が必要になってくるんだよ」

俺は鶏の卵を複製する。

「これさ、卵だろ?」

「見りゃわかるわよ」

「そう、見りゃわかるものだ。で、これを複製できたのは、俺がこの卵を見たことがあって、触ったこともあり、なおかつ食べたことがあるから、完全に複製ができた」

湯船の縁に卵をコンコンとたたき、割れかけのそれをアムに手渡す。

アムはそれを受け取ると、顔の上で手で割り、中身を「はむっ」と一口に食べる。

「なにこれ、めっちゃ美味しい……。全然雑味がない。本当に鶏の卵？」

アムが驚愕に目を見開いている。

そりゃそうだ。アムの食べた卵は、俺のいた世界のものだ。

どうすれば美味しい卵になるのか、研究と品種改良を重ねてできた鶏が産んだ卵である。

美味いに決まっている。

が、重要なのはそこじゃない。

「ところでアムは、ドラゴンの卵って見たことあるか？」

唐突な俺の質問に、アムが「本でなら」と答える。

「俺は実物を見たことがあるよ。と言ってもクエストの品物だったから、ギルドに運ばれてきた物なんだけどさ」

「？　それがなにか？」

まあ見てろ、と言って俺は複製スキルを立ち上げる。

「【複製】開始↓物体↓ドラゴンの卵」

するとスキルが発動し、湯船の少し上に卵が出現する。

ダチョウの卵くらいの、大きい卵が、どぼんと湯船に落ちて、ぷかぷかと浮かんだ。

「へーこれがドラゴンの卵なんだ」

アムが浮いている卵を見て言う。

「なにこれ本当にドラゴンの卵なの？　思ったより小さいわね……。それに……」

アムが卵を持って、ぶんぶんと上下に振るう。

「なんかちょっと軽すぎない？」

そう、ドラゴンの巨体から生み出される卵が、こんなダチョウの卵サイズなわけがないのだ。

それに中身もずっしりと詰まっているはずであり、本来ならば卵は湯船に沈むはずだった。

「割ってみな」

「う、うん……。えいやっ」

アムが気合い一発、卵を温泉の縁の岩にぶつける。

勢いがありすぎて、「あ、あ、やばいっ、割れちゃった……！」

とアムの悲壮な声が響く。

まあ卵を割ったら、でろりと中身が出てしまうはずだからな。

しかし……。

「って、あれ……？　中身、ない。から、だけ？」

そう……ドラゴンの卵は、中身が空洞だったのだ。

「どういうこと？」

がらんどうの卵を持ちながら、アムが首をかしげる。

「俺さ、ドラゴンの卵は見たことしかなかったんだよ。で、ちょっと触らせてもらった。それだけなんだ。割ったこともなければ中身を見たこともない。無論中身を食べたこともない」

そこまで言って、アムから卵を返してもらう。

「つまり俺のドラゴンの卵へに対する経験ってのは、見たことがある。触ったことがある。ってことしかないいんだ」

俺は今度はキャビアを複製する。

世界三大珍味の一つキャビア。

手のひらにのせたそれを、ひとくち自分で食べる。うん。

「アム、食ってみな。これめっちゃ美味いらしいぜ」

「なにこの黒いの……？　でもめっちゃ美味いなら……はむっ」

アムがキャビアを入れた瞬間、微妙な顔になる。

「どうだ？」

「味がないわ」

俺はうなずいて解説を続ける。

「これさ、高級品なんだよ。俺も見たことしかなかったんだ。食べたって経験が不足したからさ、【食べたらどうなるか】って情報が、複製したものに反映されてなかったわけだ」

アムは「なんとなくわかったかも」と言って神妙な顔で言う。

「ようするに、食べたことがあるとか、触ったことがあるとかっていう経験がない状態のものを複製すると、食べたらどうなるとか、触ったらどうなるっていう情報が、反映されないの？」

正解にたどり着いたアムの頭を、俺は撫でてやる。

「そう。経験を加えないと、見た目だけがそっくりの、不完全なものが複製されてしまうんだよ」

ドラゴンの卵の中身を見たことがなかったので、中身のない卵が複製された。

キャビアを食べたことがなかったので、味のしないキャビアが複製された。

「なにかを複製するためには、コピーする【姿】を知っていて、それの名前を知っていればとりあえず見た目だけそっくりのものができる」

だがあくまでも見た目だけの不完全な模造品だ。

「そこに経験、味わったり触ったりしたときの感触なんかを加えることで、完璧な複製品を作ることができるんだ」

☆

長い説明を聞き終えて、アムが「なるほどね」とつぶやく。

「なんでもコピーできるってワケじゃないのね」

「ああ。できないことも多いんだよ」

「ふーん、たとえば？」

「そうだな。これとか」

そう言って俺は【金貨】を複製し、手のひらにのせてアムに見せる。

「わっ、わっ、金貨じゃない！」

一枚で一万円の価値のあるそれを見て、アムの目が大きく見開かれる。

「ま、まって……。ジロのスキルを使えば、金貨作り放題じゃない！　すごい！　あたしたち大金持ちよ！」

無邪気に喜ぶアム。

だが俺は「いや、無理だ」と言って首を振るう。

「無理って、どういうこと？」

「まあ、実際見せた方が早いか」

そう言って俺は、金貨を五枚出現させ、アムの手に載せる。

「その金貨さ、よく見てみろよ」

「…………。全部、同じね。形も、表面の傷も、手垢も……まったく同じ」

複製スキルの弱点その一。

金が複製できるが、コピーできるだけで、使えない。

金貨はつねに新品ってわけじゃない。

長い年月使われれば、手垢もつくし、傷がついていたりもする。

コピーすれば、それらの情報も全部同じになってしまうのだ。

まったく同じ金貨が五枚あれば、さすがに変だと気づくだろう。

「それにこの世界では金貨の偽造ってのは昔から行われてるからさ、偽造対策に、ほら、表面のところに番号が振られてるだろ？」

地球と一緒で、こっちの世界でも、偽造対策がしっかりと施されているのだ。

「傷や手垢は気のせいで言い通せるかもしれない。が、この彫られた偽装対策のナンバーは、どうにもならない」

複製はコピー元の情報が反映されてしまうので、番号までもがコピーされてしまうのだ。

「そっか。番号が同じ金貨が何枚もあったら、偽造してますって言ってるような物よね」

それが弱点その一。

「弱点その二。知識だけしかないものは作れない」

たとえば超高級のアクセサリーやマジックアイテムなど、うわさや本の中でしか存在しないような希少なものは、完璧な複製品が作れない。

「ようするに金をじゃんじゃんコピーしたり、希少なアイテムや武器を売ったりして大金持ちになる、みたいなあくどい手段はできないってことだ」

「なんだー……」

アムが心底がっかりした声を漏らす。

まあ、ものを増やす能力が手に入ったら、金を増やしたり、レアアイテムを増やして売ってもうけたり、みたいな使い方をまずは思いつくよな。

「ただな、アム。この能力も、使い方次第では金を生めるんだよ」

アムの耳がぴーんとたつ。

「どんなっ？」

「たとえば宝石だ。宝石は金貨のように偽造防止処理がされてない。金貨を増やすんじゃなくて宝石を増やして、それを売って金をってやりかたはある」

まあそれをやるには、まずコピー元である宝石を、手に入れるなり買うなりしないといけないので、最初に結構な金が必要になってくるけど。

心理的な抵抗感があるのでやらないが、

「ふたつめ。小麦とかの作物を複製して売る」

これも金貨と違って複製したことがばれない品物だ。

小麦はパンを作るために必要だし買い手は多いだろう。

「三つめ。塩を売る」

この世界、塩がとても貴重品なのだ。

なぜならここら辺一帯からは、海がすさまじく遠いのだ。

運搬してくるだけでも手間暇と金がかかる。ゆえに塩は高いし、高く売れる。

「え、でも複製するためには、コピー元となる塩とかを買わないとだめなんでしょう？」

「うん、まあ、そうなんだけどさ」

俺はそう言って、前世の、地球での記憶を基に、塩を複製する。

どさどさどさどさ！！！

と、湯船の外に、袋入りにされた塩が、大量に出現する。

「………………………………はぁっ？」

アムの目が驚愕に見開かれ、ざばぁ！　と湯船から飛び出る。

「ウソ……ウソウソウソ、ウソでしょ？」

山積された袋詰めの塩を、アムが手にとって驚く。

「なにこのきれいな塩!?　ぜんぜん砂とか交じってないじゃないっ!!」

この世界での塩の製法は、海水を乾して作る原始的なものだ。

当然不純物が交じる。

だが地球の技術力をなめないでほしい。

あそこ、高純度の塩を大量生産できて、しかもスーパーとかで大量の塩が安く手に入るのだ。

向こうの世界では、塩はスーパーで売っている安い調味料。

だがこっちの世界では、塩は重さと同じ分量の砂金と交換できるほど、貴重なものなのだ。

「塩なら複製しても偽造だとバレない。まあ……あんまり大量の塩を売ってたら、搬入元を疑われ
そうだから、売るときに工夫しないとだけど」

俺その手の販売とか苦手だから、誰かに委託してもいいかもしれない。

孤児院には懇意にしている商人がいるという。

その人が信用できるやつだったら、販売を任せても良いかもな。

「すごい……ジロ、あんた何者なのよ……」

真っ裸だということも忘れて、アムが俺を見て呆然とつぶやく。

「温泉は沼じゃなくなっちゃうし、知らない便利グッズいっぱい作れるし、塩はこんなに大量に作れるし……」

俺は改善された風呂の様子や、目の前の大量の金（を生む塩）を前に、思う。

複製スキルは昔からあった。

だが魔力切れというかせがあったので、たくさんのものを作れなかった。

それに複製にかかる魔力の問題もあった。

実は地球の物は、作るのにすごい魔力を消費するのだ。

前に同じように塩を作ろうとしたことがある。

だが作ろうとした段階で、魔力切れを起こした。

どうやら別の世界の物体を複製すると、普通に銅の剣とかを作り出すときにかかるより、はるかに魔力を消費するらしかった。

だから、地球の品物を異世界で売ってもうける、というマネが、今までできなかった。

でも……それももう終わりだ。

俺はこの温泉に浸かっている限り、魔力が尽きることはない。

いくら消費魔力が多かろうと、無限の魔力を持つ俺は、いくらでも異世界のものを複製できる。

制限は多い。

だが工夫次第だ。

創意工夫で、金を生むことができるし、家族によりよい生活を送らせることができる。

「…………」

「おーい、みんな。そろそろあがるぞー」

のぼせる前に風呂を出ることにする。

裸の彼女たちが出て行こうとしたので、

「みんなに美味い物を用意してるんだ」

「うまいものー!?」

「なにそれ、わくわく」

食い気の多いキャニスとコンが、俺にしがみついてくる。

俺はあらかじめ用意しておいた、風呂上がりの楽しみを、彼女たちに手渡す。

「温泉卵とコーヒー牛乳だ」

「おんせん……たまご?」

「ひーこー、ぎゅーにゅーやんけ」

なにそれ？　と小首をかしげるキャニス。

一方でコンは、おおっと感心していた。

「まあ、食って飲んでみな」

キャニスの卵を割ってやり、コンにコーヒー牛乳のふたをあけてやる。

どちらも元となるものを複製しておいて、卵は温泉の中であたためて、コーヒー牛乳はクーラーボックスのなかに入れて冷やしていた物だ。

それらを食べた子供たちは。

「なんなぁあああああ!!!!」

はぐはぐじゅるじゅる！　とキャニスが温泉卵にしゃぶりつく。

「うめー、です！　ぷるっぷるで、めっちゃくそうめー!!」

ごきゅごきゅごきゅごきゅ、とコンがコーヒー牛乳を飲む。

「ぷはぁ。なつかしきあじ。ラビものむべ」

コンがラビに瓶を手渡す。

「つめたくて、おいしーのです！　あまくて、おいしい！　こんなのはじめてなのです！」

とラビが感動していた。

「おにーちゃんおかわりありやがるですかー!?」

「ああ、あるぞ。それに温泉卵は塩を振って食うと美味いんだ」

「しお!?」

「ばかな、そんな」

「しおなんてこうきゅうなものあるわけ……って、ものすごくたくさんあるですー!!」

この世界では貴重品の塩が、山積みになっているのを見て、驚く幼女たち。

さすがに幼くても、塩が滅多にお目にかかれないとわかっているみたいだった。

「塩たくさんあるから、好きなだけ卵に振りかけて食っていいぞ。塩分取り過ぎには注意な」

俺の言葉に、幼女たちの歓声があがる。

夢中で塩味の温泉卵を食べて、あまい牛乳をごくごくと飲む子供たち。

「ほら、アム。おまえのぶんだ」

アムにも卵と牛乳、そして塩を手渡す。

「あんたほんと何者なの？　貧乏なあたしたちをあわれんだ神様が寄こした、神の使いとか？」

目に涙をたたえながら、アムが言う。

「んなわけないって。普通のおっさんだよ。ほら、塩かけて卵食いな」

殻を割って、温泉卵をアムに渡す。

アムはじゅる……と卵を啜ると、

「おいしい……塩だ。塩の味がするっ。コレットのビーフシチューも大好きだけど、ほとんど香辛料使われてないから、味がしなかった……。けど、これは違うわ。味がするの。しょっぱくって……おいしいの……!!」

無我夢中で塩をかけた温泉卵を食べるアムたち。

喜んでくれて何よりだ。

笑みを浮かべる孤児院の子供たちを見ながら、俺は満足げにうなずいたのだった。

3話　善人、みんなでバーベキューする

獣人少女たちと風呂に入った、その夜のことだ。

日が沈みかけてきたころ、外出していたコレットが、戻ってきたのだ。

「みんなー、ただいまー」

孤児院のドアを開けて、エルフ少女が帰ってくる。

リビングで遊んでいた子供たちの耳が、いっせいにぴーんと立つ。

「おねーちゃんがかえってきたぞぉおおお！」

「「わーー！」」

子供たちはコレットめがけて、だだだっと走っていく。

「おねーちゃんかえってくるのおせえぞです！」

「まみー、かむひあー」

「おかえりなさいなのです、ままっ！」

獣人たちが、わーっとコレットに殺到して、めいめいに抱きつく。

「ただいま。みんな良い子にしてた？」

コレットはしゃがみ込んで、子供たちの頭を、ひとりずつ撫でる。

子供たちの耳やしっぽが、ふぁさふぁさと気持ちよさそうに動いた。

「まー、ほどほどです？」

「みんないいこにしてたよ。おりこーさんだったね」

「こ、コンちゃん……じぶんでそれいうのです？」

「ふふふ、いっちゃうけいじょしですゆえな」

子供たちが楽しそうに報告しているのを、コレットはニコニコしながら聞いていた。

ややあってコレットは立ち上がると、俺を見て言う。

「ジロくんも良い子にしてましたかー？」

「俺も含まれてるのか。はいはい、良い子にしてましたよ」

コレットはクスクス笑いながら、俺の頭を撫でてくる。

「あー！　ずりー！　ぼくももっとなでやがれーです！」

「にぃ、みーとちぇんじで」

「…………」

キャニスとコンがぶーぶーと不満を垂れてくる。

その間ラビは、ずっとコレットにしがみついていた。

ウサギっこは甘えん坊らしい。

まあ、他の子たちも甘えん坊だけど。

「アムもただいま」

「うん、おかえりコレット」

俺の隣に立っていたアムが、子供たちに囲まれたコレットを見て、苦笑する。

「あいかわらず大人気だな、コレットは」

隣にいるアムにそう言う。

「そうよ。残念ねジロ。あの子たちをコレットに取られちゃってさ」

ふふん、となんか妙に機嫌がよかった。

「そうだな」

まあ昨日会ったばかりの俺とコレットじゃ、子供たちにどっちが人気があるかと言われれば、後者に軍配が上がるだろう。

コレットと子供たちとは付き合いが長いみたいだからな。

「おねーちゃんっ、だきあげろやですー！」

「のー、みーのばん」

「……ままぁ」

「はいはい、よいしょーっと」

コレットは両腕でキャニスとコンを抱える。

ラビはあいかわらず腰に抱きついていた。

「おねーちゃんのおっぱいふかふかできもちーです～」

「ええむね、しとりますな」

すりすり、と犬っことくつね娘が、コレットの爆乳にほおずりしている。

ぐにょぐにょと乳房が、幼女たちの動きに合わせてひしゃげたりうごいたりしていた。

うん、あいかわらず柔らかそうで張りのある胸だな。

「……なにあんた、うらやましーなーとか思ってるの？」

機嫌悪そうにアムが言う。

「？　いや別に」

子供のやっていることだしな。

それに胸は、まあ、昨日嫌というほどもんでいたりする。

「え、え、そうなのっ」

アムが目を大きく見開く。

「そ、そう、そうなんだっ。胸とか興味ないいんだっ。胸のサイズは関係ないのねっ」

「？」

アムがウキウキるんるんといった感じで、上機嫌に鼻歌を歌う。

別に胸に興味がないわけじゃないいんだがな。

「もしもしジロくん？　なんか目線がえっちになってますよー」

「めざといね、コレットは」

「ええ、そりゃ先生ですから。生徒たちの顔色は機敏に察知するわけですよ。なーんてねっ」

可憐に微笑むコレット。ああほんと、うちの嫁はかわいくてしょうがないなあ。

と見とれたそのときだった。

ぐぅううう～～～～～～……………………。

と大きな音が、コレットの方からした。

「…………」

「腹減ってるのか、コレット？」

「ちちちち、ちがうわ私じゃないのっ！」

コレットの顔が真っ赤になる。

尖った耳が恥ずかしそうに、上下にぴこぴこぱたぱたとせわしなく動く。

「おね～ちゃ～……ん、はらへったです」

「なんかくわないとがししてしねる……」

「はううう……」

どうやら今の腹の虫は、キャニスたちものだったらしい。

ああそうか、今コレットは子供たちを抱きかかえているから、音がそこから聞こえたのか。

キャニスは犬耳としっぽをぺちょんと垂れ下げて、

「はらへってくたばるですー……」

「あいむはんぐりー」

「らびもおなかすいたのです……」

どうやら全員はらぺこらしい。

「あんたたち温泉であんなに卵食べたばかりじゃない」

呆れた調子でアムが言う。

「たまごだけじゃ、ものたりぬ」「にくがくいてーですー！」「おにくっ！」

どうやら温泉卵だけじゃ腹が満たされてなかったようだな。

幼女たちがいっせいにお肉・お肉・とお肉コール。

どうやら昨日ので、すっかり肉の味をしめてしまったようだ。

「困ったわ……お肉なんてないわよ」

確かに昨日のシチューで、昨日狩りをしたぶんの肉はなくなってしまった。

「パンと野菜スープじゃだめ？」「「「…………」」」「ああもう、みんなそんな顔しないでっ」

コレットが言った瞬間、子供たちの顔が死滅した。

耐えきれなくなって謝るコレット。

「ジロくんどうしよう……」

「今から狩りに行くとそこそこ時間かかるな」

たぶんこいつらはもうご飯食いたくってしょうがないだろうし、狩りへ行ってるヒマはないか。

「にくー！」「みーとぅ」「おにくー」

「じ、ジロくぅん……」

肉を連呼する子供たちに困るコレット。

「スキルを使えば……うん、なんとかなるか」

俺は脳内で算段をつける。いけるか。

「コレット手伝ってくれ。なんとかできるかもしれない」

☆

アムに子供たちの世話を任せ、俺とコレットは、裏庭の温泉までやってきた。

「どうするジロくん？　スキル使うの？」

「ああ、スキルで必要なものを複製する」

俺はそう言うと服を着たまま、クツを脱ぐ。

温泉の縁に足をつける。

温泉の整備をしているときに色々と実験してわかったことがある。

温泉に体全身を浸かってなくとも、こうして体の一部を湯船に入れておけば、魔力無限状態を保てるということだ。

あと湯気にも微量の魔力が含まれていた。

俺がこの森に初めて来たとき、限界を超えてスキルを発動できたのは、湯気に含まれた魔力を吸っていたかららしい。

だから限界突破できたわけじゃなくて、単に魔力が回復しただけだったようだ。

それはさておき。

温泉につかっていれば、魔力無限が永続的に続く。

ただ裏を返せば、温泉までこないといけない。それが結構面倒だった。

「じ、ジロくん……。私の見間違いかな？　なんか塩が……すごい大量に、置いてある気がするんだけど……」

夕方温泉に入ったとき、俺が複製した袋詰めの塩を見て、コレットが目を丸くしている。

「いや、塩だ」

俺はコレットに、スキルを使って出したことを告げる。

「ちょっと出し過ぎてな、持ってくのが大変そうだからここに置いといたんだ」

「塩……ウソ、こんないっぱい……。これだけあれば……」

コレットは塩が貴重品であることを知っている。

塩は同じ重さの砂金と交換できるくらいの価値があるのだ。

「それを売るのは明日以降だな。確か明日、孤児院に商人が来るんだよな？」

「え、ええ……。定期的にウチに来てくれるの。ウチの卒業生なのよ」

どうやら商人は、昔ここに住んでいた子らしい。

「ということは、その子も獣人か？」

「ええ。【クゥちゃん】って言うの。黒髪のキレイな女の子よ」

地球と違ってこっちの世界で黒髪は珍しい（転移者を除く）。

黒髪の獣人か。いったいなんのケモノ娘なんだろうな。

まあ塩のことは明日にまた考えよう。

それより今は、目先の夕食だ。

「さっそく作るか」

俺は複製スキルを立ち上げ、必要となる品を作りまくる。

「まずはキャンプしたときのことを思い出して……」

温泉の床に、どさどさどさ、と段ボールが落ちる。

とりあえず十個ほど出した。

「ジロくん、これは？」

「炭だ」

「す、炭!?　え、これ全部そうなの!?」

炭もこっちでは結構高い。

が、向こうの世界では、ホームセンターで安く売っている。

地球にいた頃、キャンプしたことがあり、炭を買った記憶がある。

スキルがあればそれを全部タダで、いくらでも出せるのだ。

「すごい……炭がこんなに……」

驚くコレットをよそに、俺は必要なものを出しまくる。

炭に火をつけるための着火剤。ライター。

食材を刺すための鉄串。載っけるための網。

あとは折りたたみ式のイスも人数分。

キャンプ用の持ち運び便利なテーブル。

食材を入れておく用のクーラーボックスと保冷剤いくつか。

あとは取り分ける用の取り皿と、飲み物を入れる紙コップ。

ランプや虫刺され用のスプレーといった細々としたものを出して……よし。

これらを運搬するための手押し車を二つほど出した。

「と、これくらいかな……」

あと残りは食材を出すだけだ。

「ジロくん、これらってジロくんの前世の世界の道具よね？」

コレットは俺が転生者であることを知っている。

だから獣人たちと違って、地球のアイテムを見てもあんまり驚いていない。

「いったいこれから何をしようとしてるの？」

俺は肉や野菜といった材料を、ドサドサと出しながら、答える。

「バーベキューだよ」

☆

食材や道具をコレットとアムとで手分けして孤児院の裏庭に運んでもらう。

その間俺はバーベキューの準備をする。

やがて日が完全に沈む。

キャンプ用のランタンも複製しておいた。

強烈な明かりがあたりを照らす。

「「…………」」

裏庭に集まる、獣人たち。

彼女たちは目の前の光景に、きょろきょろとせわしなく目を動かして、見入っている。

「なんだこれ？」

「どきどきわくわく」

「いったいなにがはじまるのですっ」

「おいラビ、たのしそーだなおめー」

「だってにーさんのしてくれるもの、ぜんぶたのしいものだから！」

「うれしいことをいってくれる。みーはうれしい」

「おいコン、おめーおにーちゃんじゃねーです？」

「ばれてもーたか」

楽しそうに、しかし興奮気味に、子供たちがあたりを見回している。

まあ、見たことのないものばかりだからな。

キャンプ用のコンロの中では、火のついた炭が紅く光っている。

網は十分に熱せられているみたいだ。

うん、じゃあ始めよう。

「ちょっとまっててな」

俺は鉄串にささった肉やら野菜やらトウモロコシやらを、網の上にいくつも載せる。

じゅうぅう……………。

肉の焼ける音と、脂が爆ぜる音が、夜の森の静寂に響き渡る。

「「「!!!」」」

獣人たち（アムも含む）は、焼ける肉の音と、あと香ばしい香りに、思わず耳としっぽをぴーんとおっ立てる。

じゅうじゅぅと肉が焼け、野菜に良い具合の焦げ目がつく。

「ま、まだなのっ？　ねえ、まだできないのっ？」

アムが待ちきれないとばかりに、弾んだ声で俺に尋ねる。

子供たちは肉の焼けるさまを呆然と、ヨダレをダラダラ垂らしながら見ている。

コレットがキャニスたちの口元をハンカチでぬぐってやっていた。

「もうちょいでできる……よし、完成。みんな、食ってもいい」ぞ、と言い終わる前に、

「「「にくだぁあああ！！！」」」

とアムと幼女たちが、コンロの前に殺到し、鉄串を奪っていく。

「なにこれ……お肉と一緒に野菜もささってる……。こんな串焼きみたことない」

アムが鉄串に刺さったそれらを見ながら、不思議そうに目をこらしている。

この世界にも串に肉を刺したものが売られている。

だがたいていは、ただ安いクズ肉を焼いて串に刺しただけ。

筋張っていて、ハッキリ言って美味くない。

「どうせこのお肉もすじばってるんでしょ？　あたしあのすじってきらい。かみ切れないし……」

ぶつぶつ文句を言うアムに、

「まあまあ。食ってみろって」

と勧める。

「はむ。…………。…………………。…………………。………………」

どうだ、と俺が尋ねる前に、

「はぐはぐむぐむぐっ、がぶっ、がふっ、むぐ、ばくばくむぐむぐむぐっ!!」

あっというまに、アムが串を一本食べきってしまう。

「んっ！　んっ！　んーっ！」

アムが口をぱんぱんに膨らませながら、カラになった串を俺に押しつけてくる。

それを受け取り、おかわりの串を手渡す。

またも秒でそれを食い切って、言う。

「「「うめーーーーー！！！」」」

獣人たちの歓喜に満ちた大声が、森の奥へと響いていった。

「ちょっとやだ……なにこのお肉。昨日の肉より上等じゃない!!」

夢中で肉を食べる獣人たち。

「すげーとけるっ！　くちのなかでおにくがとけるっ！　ですっ！」

「あぶら、あまーい」

「ふしぎなのです！　おにくがとけるのです！　かめばにくじゅうのこーずいがおきるのです！」

切って下味をつけただけの肉を、実にうまそうにガフガフ食べる獣人たち。

まあケモノだから肉が好きなのはわかる……が、ラビも肉が好きなのは結構意外だったりする。

草食だと思ってたからな、ウサギだし。

「ジロくん……むぐむぐ……すごいわこのお肉……こくん。これも肉アイテムなの？」

コレットも串肉を食いながら言う。

唇を脂でてかてかにしているのが、じつにかわいらしい。

「いや、これは俺の世界の牛肉だ。食われるためだけに品種改良された肉だよ」

この科学が未発達で人工交配の技術のない世界では、向こうの肉は極上の食材扱いされる。

「お野菜も……甘いし、しゃきしゃきと瑞々しいわ」

こっちでも野菜は売られている。

しかし、品種改良や農薬という概念がないので、地球の野菜と比べて、野菜の質は数段落ちる。

「にぃ、もっと」

「もっとたくさんほしいのです！」

コンとラビがおかわりを要求してきた。

串には肉も、そして野菜すらきれいになくなっていた。

「すごいわジロくん。この子たち野菜はきらいなはずなのよ」

コレットがからになった串を見て、目を剝いて驚いている。

「おやさいもあまくてとってもとってもおいしいのです！」

「しゃきっとはごたえ、しゃっきとこーん」

コンがトウモロコシの芯をかじかじとかじりながら言う。

実を全部食い切ったあとも、芯をかじって味を楽しんでいるみたいだ。

「そんなことしなくても、新しいのやるから」

と言ってコンから芯を奪う。

代わりにコンとラビに新しい串を手渡す。

「「わー！」」とさっそく食べようとするふたりに、

「ちょっと貸してくれ」

そう言ってコンたちから串を受け取り、紙皿の上に載せる。

「なにをするのですか、にーさん？」「はよぅ、かえして」

「まあまあ。何もつけずに食うのも美味いが、こうするともっと美味くなるぞ」

俺はスキルでつくっておいた、焼き肉のタレの入ったボトルを手に取る。

「ねえジロ、ふぉれふぁに？」

それは何かと聞いてくるアム。

口いっぱいに物を詰め込んでいてかわいい。

「タレだよ。ソース。これつけるともっと美味い」

黄金のタレ的なあれを、紙皿の上になみなみと注ぐ。

「おかしみたいなにおいしやがるです？」

「すんすん、すんすこ」

「でもおにくのこうばしいにおいとまざって……!!」

ほい、とやってきたキャニスのぶんを含めて、子供たちに皿を渡す。

タレのかかった串焼きを食べる幼女たち。

果たして……。

「!?!?!?!?!?!?」

全員がまんまるな目を限界まで剝いていた。

しっぽが電流でもながれたかのように、ぴーんと立つ。毛も立っていた。

「「「なんじゃこれーーーーー！！」」」

幼女たちの蕩けた声が響き渡る。

「あまいっ！」「からーい」「でもあまくてからくてしょっぱくって、にくがッ！　にくがっ！　べつのりょうりになってるのです～」

至福の表情を浮かべる子供＋アム。

おまえいつの間に……。

「おにーちゃんっ！　もっとよこせやーです！」

「にぃ、じゃんじゃんやいて。じゃんじゃかぷりーず」

「にーさんはやくはやくー!!」

「まあまあ待て待て」

俺はじゃんじゃか串を焼いていく。

その間獣人たちは、しあわせそうに目を細めて、地球の料理に舌鼓を打っている。

「うめぇ……！」

「またたべられるとはね。ながいきはするもんだ」

「とってもとっても、とぉってもおいしいのですぅ♡」

子供たちがうれしそうで何よりだ。

……が、ちょっと俺も腹減ってきたな。

そう思っていたそのとき。

「ジロくん」

とコレットがニコニコしながら、「代わるから食べて」と、焼く係を買って出てきてくれた。

俺はありがたく交代し、串を食べる。

脂の乗った肉に甘塩っぱいソースがよくあう。

すじばった繊維なんてない。どろりと甘い脂が口の中に広がっていく。

かめばじゅわっ、じゅわっと、肉汁とともにうまみが広がる。うん、美味い。

俺は足下のクーラーボックスを開けて、缶ビールを取り出す。

これも複製で作ったものだ。

ぷしゅっ、とプルを開けて飲む。

「あー…………美味い」

俺はビール片手に、夜空を見上げる。

地球と違ってこっちの空気は澄み切っている。

満天の星が広がる中、愛する家族たちとバーベキューに興じる。

冒険者時代にはなかった安らぎという感情が、確かに俺の心の中を満たしていたのだった。

4話　善人、塩を複製してみせ、社長に就任する

孤児院のみんなと裏庭でバーベキューをした、翌朝のことだ。

俺は孤児院の運営資金を確保するため、今から来る商人に、塩を売ろうとしていた。

この世界では塩が貴重品なのだ。

なぜ塩が貴重なのか？

俺たちの住む世界は、ひとつの大きな大陸が、海の上にでーんと浮かんでいる。

海があるので塩は取れる。

しかしこの世界は、さっきも言ったがひとつの巨大な大陸がひとつしかない。

となると、どういう問題が生じるか？

輸送の問題である。

海に面した街ならいいけど、俺の住んでいる土地は、この大陸の中央付近にある。

そこからしたら、海は遠すぎる。

さらに加えて言うのなら、この大陸の外周は、四方に四つの大きな大森林に囲まれているのだ。

北に北の森と書いて【北森（ほくしん）】。東に【東森（とうしん）】。南に【南森（なんしん）】。

そして西側には【白馬の森(ユニコーン)】という、神聖な森が広がっている。

なぜ西の森は西森(せいしん)と言わないか。

それは俺たちの住んでいる大陸の形に由来がある。

【ト】の字をしているのだ。

北と東、南に土地（でっぱり）はあるけど、西のでっぱりはない。西側はあるけど。

だから西の森じゃなくて、西側の森であり、なら西森じゃないよね、というわけである。

それはさておき。

四方を大森林に囲まれているこの大陸では、人の住む場所は、必然的に大陸中央部に寄る。

となると、先ほど言った輸送問題が出てくるのだ。

海沿いから街が遠くなると、輸送に時間も労力もかかる。

中央部でも取れる果実や肉ならまだしも塩だけは、原料となる海水が、大陸辺縁部にしかない。

手間暇をかけて、海から大森林を越えて、さらに長い距離をかけて……商人は人の住む街へと運ばないといけない。

取れる場所が限られている上に、コストがかかり、なにより需要があるからだ。

だからこそ、塩は貴重なのだ。

この科学技術も化学知識も未発達な世界において、調味料というのは非常に貴重なのだ。

それにハッキリ言ってこの世界の食事は美味しくない。

調味料は充実していないし、調理環境も未熟。

オーブンも電子レンジもないので、調理方法は限定される。

地球人から見れば、粗食としかいいようがないのだ、この世界の、食事というものは。

だからこそ料理に【味】をあたえる調味料は、大変貴重で、作るのにすさまじい手間暇のかかる塩は、大変の大変の大変に、貴重なのである。

だからこそ……塩は、高く売れるのだ。

同じ量の砂金と交換できるというのは、誇張でも何でもなく、事実なのである。

☆

商人が孤児院へやってきたのは、九時頃だった。

俺とコレットは、孤児院のリビングにいる。

リビングにある大きめのテーブル。

俺とコレットは同じ側に座り、そしてテーブルを挟んで向こう側に、例の商人が座っていた。

「ひさしぶりね、【クゥちゃん】」

コレットが正面に座る少女に向かって、にこやかに話しかける。

黒髪の、ともすれば日本人に見える顔立ち。

だがこの子も獣人である。

なぜならば、彼女の腰のあたりから、一対の翼が生えているからだ。

「はいー。おひさしぶりですー。コレットせんせぇー」

その子はかなり小柄だ。アムよりも一回りくらい小さい。

かなりの小柄。腰から生える翼。そして目を引くのは、その巨大すぎる乳房だった。

見た目の幼さにまったく釣り合ってないほど、胸がでかい。

さすがに爆乳（コレット）ほどではないにしろ、十分に巨乳だった。

巨乳を包むのは、純白のスーツだ。

スカートも、シャツも、すべてが白い。

白装束を身にまとい、ロリ巨乳の翼を生やした少女、名前を【クゥ】は、俺を見て言う。

「ここを卒業して十五年。せんせぇは何年経ってもずっときれいでうらやましー」

「もうっ、昔から口が上手いんだから」

ぱたぱたぱた、とコレットがうれしそうに耳をピクピクさせる。

コレットと話していたクゥが、すっ……と俺に視線を合わせる。

そしてうなずいて言う。

「なるほどー。あなたがウワサに聞いてた、コレットせんせぇの旦那さまですねー」

クゥがのんびりとした口調で言う。

コレットが「ま、まだ結婚してないわっ！」と真っ赤な顔で言い返す。

「あれぇー？　おかしーなー。ウワサだともう性行為は済ませたーって、聞いたんですけどねー」

「ごほごほっ!!」

俺とコレットがふたりそろって呟き込む。

「ど、どうして知ってるんだよ。てか、どこからそんなウワサ流れてるんだよ!?」

流したやつとっちめてやろう、絶対。

クゥはにぃ……っと笑うと、

「それはー、有料、ですー」

「有料？　金取るのか？」

「はいー。ウチ商人ですからー。情報も商品なのでー。知りたいのなら対価を頂かないとー」

鳥人間のクゥはニコニコ笑顔を崩さないままで、そう言う。

だがよく見ると、目だけが笑っていた。

口角があがっているだけで、口元は微動だにしない。

「どうしますー？」

細めた目で俺を見ながら、クゥが尋ねてくる。

「……。…………。買う、って言いたいが、今はあいにくと手持ちがない」

「あれー、そうなんですかー？」

貯金は借金返済に使ってしまったからな。

いちおう昔使っていた武器防具を売った金はある。

けどそれを使ってしまうと、本当に一文無しになってしまう。

コレットに借りるのは……無理だ。セックスのウワサを誰が流したのか。

……なんて情報を買うために金を借りるとか、恥ずかしすぎる。

「しかたないですねー。じゃあ今回は特別に、タダで教えてあげますよー。あれですよー。初回特典的なあれですよー」

どうやらタダで教えてくれるらしい。

「さっきのはー。ウソですー」

「は？　ウソ？」

「えぇー。ウソですよー。ウソというかーブラフですねー」

クゥが笑顔のまま続ける。

「あなたとコレットせんせぇが付き合ってることも、実は知りませんでしたー。ただまー、雰囲気を観察してればそうじゃないいかなーと」

なんと付き合っていることも知らなかったのか、こいつ。

「ということはー、まあ絶対じゃなくてもー、性行為はしてるはずじゃないですかー。だからああして、揺さぶりかけたんですよー。そしたら見事に引っかかってくれましたねー」

だから、と区切ってクゥが続ける。

「あなたたちがー、もう済ましてるって情報はー、誰も知りませんよー。ここにいる人たち以外ー、ですけどねー」

……なるほど。

俺の反応を見る以前は、俺とコレットがまぐわったかどうかは、クゥは知らなかった。

だがしたかどうかを聞いて、俺たちが反応を見せた。

そこから確信を得て、ああして【第三者から情報を聞いた】みたいなふりをした。

その情報を買わせて、金を得るために。

「詐欺じゃないか」

「詐欺じゃないですよー。だってあなたはー。情報に対してー。お金払ってないじゃないですかー。損してないでしょー?」

にこにこにこーっと笑顔を崩さずに、クゥが言う。

「いやまあそうだけど……」

それでもなぁ……。

さも知ってるかのように振る舞うことで、この子は金を払わせようとした。

「それって未遂とは言え詐欺じゃないか?」

「未遂であって詐欺じゃないですよー。ねー?」

正論なんだが、けど金を持っていたら、絶対にこいつに金を取られていた。

それで金返せと言ったら、たぶん、情報に対する正当なる代金だから返せない、とか言ってきたに違いない。

「クゥちゃん、ジロくんをあんまりいじめちゃダメよ?」

コレットがたしなめるように言う。

その顔には不快感の感情が見られない。

昔なじみのいたずらっ子を注意する先生みたいな、苦笑の混じった口調だった。

「あれー？　バレちゃいましたー？」

てへーっとクゥが自分の頭を叩く。

「ジロくん、この子ちょっと変だけど、悪い子じゃないから」

「そーですよー。悪い子じゃないですよー」

良い子は自分を悪い子じゃない。とは、言わないと思うのだが……。

まあこのクゥという少女は、この孤児院の出身と言っていた。

つまりコレットに育てられたということであり、すなわち悪人ではないということだろう。

まあ、完全に信用していいかは不明だが……。

「では改めてー。初めましてー」

クゥは背中の翼を、ばぁっと広げる。

その翼は……鳥のそれであった。

何の鳥かは、羽の色を見ればわかった。

黒い。夜の空よりも、暗い、黒をしていた。

漆黒の翼に、純白の衣装を身にまとった商人が、あいさつする。

「北森地域・最大手の商業ギルド。【銀鳳商会】でギルドマスターをやってますー」

クゥが頭を下げる。ふぁさっ、と腰から生える翼も一緒に下がる。

「鴉天狗のクゥと申しますー。以後ー、おみしりおきをー」

その腹の中のように真っ黒な色の翼を、ぴこぴこ動かしながら、クゥがにこりと笑って、あいさつしたのだった。

☆

自分が商業ギルドのギルドマスターであると名乗ったクゥ。

「本当なのか……？」

「えぇー。マジですー」

そう言ってクゥは懐から名刺を取り出して、俺に手渡してくる。

そこには【銀鳳商会ギルドマスター】と、クゥの名前の上に書いてあった。

というかこの少女、孤児院を卒業して十五年ちょっとで、ギルドマスターになったのか。

ギルドマスターって、地球で言うなら会社の社長だろう？

大出世じゃないか。

それだけこのクゥという少女が、傑物ということか。

あるいは、こんなことは思いたくないけど、

「身分詐称とかしてない……よな？」

俺がそう尋ねる。ぴくっ、とクゥの腰の翼が少しだけ動いた。

表情は相変わらず笑顔のまま、

「面白いこと言いますねー。ギルドマスターと今この場でウソをついて、ウチになんのメリットがあるんですか？　それに仮にウチがギルマスじゃなかったとして、ここでウソついたことがバレたら、くびになってしまいますよー」

確かに。そう言われると、ウソをつくメリットはない。

「せんせぇの旦那さまにー、あんまりこういうこと言いたくないですけどー。もうちょっと考えてから発言しましょうよー。ねー？」

口調は穏やかだが、そこにはどこか、俺を下に見ている感が滲み出ていた。

いやまあ、確かにちょっと考えればわかることだった。

バカにされてもしょうがない。

「すまないな、疑ったりして」

「…………。いえー、気にしてないのでー」

一瞬なんか変な間はあったものの、クゥが普通に続ける。

「……ふーん。なるほど、そういう性格の人やんな」

素早くクゥが、何事かをつぶやく。細まっている目が少しだけ開いていた気がする。

「え、なんだって？」

「あー、いえー、なんでもないですよー」

と思ったら、クゥはいつも通りのニコニコ笑顔に戻っていた。

「さてではウチがギルドのギルドマスターであることをー、承知してもらったところでー、商談と行きましょうかー」

人の好さそうな笑顔を崩すことなく、クゥが本題へ切り込んでくる。

「そうだな。えっと……どこまで話が通ってるんだっけ？」

「そうですねー、せんせぇの旦那さまがー、塩を我が商会に売りたいって話ですよねー？」

コレットを通して、クゥにはあらかじめ意思を伝えてもらっている。

「塩ー、あるんですかー？」

すっ……と細められていた目が、少しだけ見開く。

クゥの目は……きれいな金色をしていた。

てっきり目も、髪と同じで黒色をしてると思ったんだが。

まあ獣人だしな。人間基準でものを語ってはいけない。

それはさておき。

俺は足下に置いてあった段ボールの中から、袋詰めされた塩を取りだす。

それをテーブルの上に載せる。

純日本製の塩だ。

と言っても新品のそれじゃない。

開封済みだ。

バーベキューの時のやつが大量に余っていたので、それを革袋に詰め替えておいたのだ。

まあ未開封の新品を見せても良かったんだけど、あれ１kg入りで、そこそこの重さがする。

見本として見せるなら、１kgまるまる見せなくて良いだろ？

だから昨日の余った塩を革袋に移して持ってきた、という次第である。

「拝見、してもー？」

テーブルの上に置かれた、この世界では一般的に使われている、何の変哲もない革袋。

それをいぶかしげに見つめながら、クゥが俺に問うてくる。

「ああ、どうぞ」

「ではー、失礼してー」

クゥが革袋を手に取り、すっ……と目を少しだけ見開く。

またあの、黄金の瞳がちらりと見えた。

不思議な色の目をしていた。模様があるようにも見える。

「月みたいな目してるな」

軽い気持ちで、俺は感想を漏らす。そのときだった。

「へっ……!?!?」

と、クゥが大きな声を張り上げたのだ。目をギョッ……！　と見開く。

月のような目が開帳された。

「ど、どうしてそれを……？」

目を開いた状態で、クゥが俺に聞いてくる。視線はきょろきょろとせわしなかった。

動揺が見て取れた。動揺？　何にだ？

「いや、別に深い意味はないぞ。単に感想を述べただけだ。月みたいだなって」

「あ、あー、そー、ですかー。そうですよねー。あはー。ごめんなさいー。へんなこといってー」

またクゥの目が、もとのニコニコ笑顔に戻っていた。

気にはなった。なんか変だった。

だが、じゃあどこが変なのか指摘できそうになかったので、結局何も言わなかった。

☆

クゥの鑑定が終わった。

「これはー、すごいですねー」

リビングのテーブルには、コレットの出したお茶が載っている。

俺は一口それを飲む。これも地球の物品だ。

複製で紅茶のパックを出したのである。

すっ……と、クゥが革袋をテーブルの上に載せる。

「とてもー、とてつもなくー、高純度な塩ですー。夾雑物(きょうざつ)……ああ、余計なものがいっさいまじってなくて、しかもこの塩の味、ウチら商会が扱う最高級の塩より、遥かに優れてますー」

よしっ。感触は悪くない。クゥはニコーっと笑いながら、

「ぜひー、ウチに売ってくださいー。高く買わせていただきますよー」

「高くって……具体的にはどのくらいだ？」

そうですねー、と言って、クゥが足下に置いてあったカバンの中から、小さな革袋を取り出す。

クゥが口を開けて、テーブルの上に中身を出す。

それは……砂金だった。

石みたいだ。小石っていうのか。

砂では決してない。

「これ砂金なんですけどー、はじめてみましたー？」

「ああ」

「そうですかー。まー、ウチらみたいな商人じゃないとー、縁のない品物ですしねー」

さて、とクゥが続ける。

「ご存じかとは思いますが、塩は重さと同じ量の砂金とで取引できますー。塩10ｇなら、砂金10ｇ、みたいなー」

クゥがテーブルに散らばった砂金を、革袋の中に入れる。

今彼女が言った内容は、俺も知っていることだ。

「ですがー、塩のランクによってはー、換金する砂金の重さが変わってきますー。より質の良いものなら、塩10ｇに対して砂金20、30の価値がありますー」

それは知らなかった。

塩のグレードによって換金金額が変わるなんてな。

「じゃあ、俺の出した塩には、どれくらいの価値があるんだ？」

「…………」

俺の質問に、クゥが自分の口元に手をやる。

「……かも。……ねぎ。……今後。……美味い。……エサ」

と、断片的になんか聞こえてくる。

鴨？　ネギ？　美味い、エサ？　なんだ釣りのことでも考えてるのか？

鴨のいる池に釣りへ行こうとか？

でもならネギってなんだ？

しばらくの沈黙の後、

「そうですねー、塩1gに対してー、これくらいでしょうかー」

とクゥが指を俺たちに見せつける。

指を、一本。

「1gってことか？」

いや、塩1に対して砂金1って、普通のレートと同じじゃないか。

なんだ質が良いんじゃなかったのか？

「いいえ、違いますー」

にこやかなまま、クゥが答える。

「1kg」

……。

…………。

……………………はぁ!?

「い、今なんて……!?」

びっくりしすぎて、思わず聞き返してしまう俺。

「ですからー、塩1gに対して、砂金1kg、つまり1000gをー、こちらから提供させていただきますー」

塩1gが、砂金1000gになる。

価値十倍どころじゃない、千倍もあるじゃないか!

「みたところー、この袋に入っている塩は100gですねー。正確には104gですがー。まーここは切りよく100にしましょうー♡　100って縁起が良い数字ですしねー♡」

ずいぶんと細かい重さまでわかるんだな、この子。

しかし……そうか。

塩1gが、砂金1kgになる、のか……。

「じ、ジロくんすごいわねっ……」

「ああ……夢みたいだ……」

まさかただの塩が、こんなに化けるとは。

俺もコレットも、興奮をかくしきれなかった。

転がり込んでくる大金の量に、俺もコレットも、浮き足立っていた。

「……おいしいおいしい、かもちゃんかもちゃん♪」

にぃーっ、と薄くクゥが笑い、上機嫌に鼻歌を歌っていた。

「何の歌だ？」

「ウチら商人の歌ですよ。商売でボロくもうけたときとかにー、歌うナンバーですー」

そうなのか。不思議な歌だなと思った。

「さすがに手元に１００kgの砂金はありませんのでー、いったん帰って準備してからー、塩と交換ということでよろしいですかー？」

「ああ、それで頼むよ！」

すっ……と俺は手を出す。

「商談成立、ですねー♡」

その手をクゥが握ってくる。

こうして俺は、レート一千倍という、すさまじい高レートでの換金先を見つけることができたのだった。

「じゃー、ウチはこれでー、失礼しますー。砂金の用意がありますのでー」

にこやかに立ちあがると、ぺこり、とクゥが頭を下げてきた。

ふぁっさふぁっさと翼が、機嫌良さそうに動いている。

これにてお開きか。

いい商談だった。

「あ、そうだ。ジロくん」

こちらも笑顔のコレットが、

「どうせ砂金を取りに帰るなら、ウチにある残りの塩、いくつか先に持っていってもらったほうが、いいんじゃないかしら？」

何気なく、そう言う。

「!?」

「そうだなー、あの量をクゥが一回で運びきれるわけないもんなー」

「!?!?!!?!?!?」

「クゥちゃん今日は馬車で来てるのよね？　なら荷台にいくつか塩の袋を詰んで……って、クゥちゃん？　どうかしたの？」

コレットが首をかしげる。

クゥは……さっきから妙な顔をして固まっていた。

「……ウソやろ」

「え？」

「はぁああああああああ!?!?　ウソやろぉおおおおおお!!!!!!」

と、クゥが大絶叫した。

細かった目は驚愕に、限界まで見開かれている。

あの月のような目が、爛々と輝いていていた。

いや……血走っていた。

「ウソやろ!?　まだあるんっ？　こんなっ……こんな上等な塩が!?　大量に!?　袋で!?」

クゥが俺の肩をガッ……！　とつかんで、興奮気味に聞いてくる。

「あ、ああ……」

「しかも、ウチの馬車が一回で運びきれない量とかホンマか!?　ウソやろ!?　ウナだまそうっちゅーなら、無駄やぞ!?」

黄金の目をぎらぎらと輝かせながら、鼻息荒くクゥが言う。

「ウチは【月の目】をもっとる!!　この目があるかぎり、ウチにウソは通じんぞっ!!」

クゥが金の目をぐわっと見開いて言う。

月の目？

ウソ？

「これは特殊技能やのーて、鴉天狗が持つ特有の体質みたいなもんやっ!!」

ぎらつく金の目を指さしながら、クゥがそんなことを言う。

「どんな能力なんだ？」

「これは鑑定を行える目、別名を鑑定眼ちゅーんや!!　これで見た商品の量、成分、価値その他もろもろの、商品に込められた情報を見抜くことができるんや!!」

なんと。

そんな鑑定スキルみたいなものを持っているだなんて。

「この目ぇがあるかぎり、粗悪品つかませてウチをだまそうとしても、そうはいかんからなっ！

それを踏まえておんどれは、馬車に載りきらない塩があるっちゅーんか!?　あぁぁ!?」

やくざかと思ういきおいで、クゥが俺の胸ぐらをつかんですごんでくる。こ、怖え……。

なんだ、これが本性なのか？　今までの態度は、全部芝居だったってことか？

「どうなんや!?」

クゥが今にも俺を殺す勢いで睨んできたので、俺は答える。

「え、あ、ああ……うん。ほんとだよ。ウソじゃない。裏に置いてあるから見てけよ。なんなら全部中身を開けてみてもいいぞ」

☆

「コレットせんせぇの旦那さま、いえ、ジロさま！！！　どうかウチの商会の、ギルドマスターになってください！！！　お願いします!!!!」

クゥとともに塩が放置してある、裏の温泉まで行った。

そしてこの間出したぶんの塩をすべて検めさせた。

必要ならもっと作れるぞと複製スキルを使って、日本の塩をどさどさと目の前に出して見せた。

呆然とするクゥとともにリビングに戻ってくる。

するとクゥが先ほどのセリフを、言ったのだった。

「お願いします！！！　お願いしますっ！！！　どうかウチらの商会へ入ってください！！！　お願いします！！！」

クゥは土下座して、頭を地面にこすりつけながら懇願してくる。

「く、クゥちゃんどうしたのっ？　やめてそんな土下座なんてっ」

「そうだよ、とりあえず頭あげて説明してくれ。いろいろわけわかんねーよ」

困惑するコレットと俺。

クゥは頭を上げろというのに、地面につけたまま説明する。

「では端的に言います。ジロさま」「ジロで良いよ。あと頭上げてほんと」「では、ジロさん」

クゥが頭を上げて、正座した状態で言う。

「ウチはあなたが欲しい。ウチに来て欲しいんです」

……。

…………。

………………。

「浮気……」とコレットがものすごく悲しそうな目で俺を見てきたので、

「違う違う!!　おいクゥどういうことだよ。もっとわかる言葉で言えよ！」

クゥは「？」と首をかしげて、

「あの、ですからジロさんの複製スキルがあまりにほしいので、ウチに来てくださいって意味ですけど？」

あ、ああ……スキルの話ね。

「ほっ、良かったぁ……」

コレットが目に涙を浮かべながら、安堵の吐息を漏らす。

良かった、家庭崩壊とかならなくて。

「てか、どういうことだ？　複製スキルが欲しすぎるって？」

「ですから……そうですね」

クゥはしばし沈思黙考して、

「たとえばジロさん。さっきのパックに入った塩、あれってどれくらい出せるんですか？」

「どれくらいもなにも……あの温泉につかりながらだったら、無限に作れるぞ？」

俺が答えると、「…………そこまで言うてなんできづかないんや？　アホちゃう？」とぶつぶつクゥが恨み言を言う。

「いいですか、ジロさん。さっきも言いましたけど、ジロさんの塩はレート一千倍で売れます。それくらい高品質の塩なんです。それを無限に出せるんですよね？」

一拍おいて、続ける。

「グラム千倍の価値のある塩を、無限に作れるんですよ？　億万長者になれるじゃないですか？」

「いやまぁ、理論上ではそうなるだろうけど……無理だろ」

「どうしてですか？」

アホを見るような目でクゥが俺を見てくる。

「いや、確かに塩は高く売れるし、無限に塩が作れるとしても、そんなに売れないだろ。高級品ならなおのことさ」

今でさえ塩は貴重な品物だ。

庶民には手が出せない。

いくら商品を売りに出したところで、客が買ってくれないともうけにならないだろう。

「これだからど素人は……」

といらだったようにクゥが言う。

「なあ、ええか？　無限に塩が出せるンやろ？」

なら、と続ける。

「ならこの塩、めっっっちゃ安く、客に出せるんちゃうか？」

「？　？？　？？？？」

「……なるべく簡単に話すわ」

クゥはため息をついて、説明する。

「そもそもなんで塩の値段が高いかわかるか、ジロさん？」

「それは……塩が貴重だからだろ？」

「そうや。どうして貴重か？　作るのに金が、運ぶのに金が、とにかく、商品として出すまでに、ものごっっつい金がかかるからや」

クゥは自分のカバンを引き寄せて、何枚か金貨を取り出す。

「ええか？　塩を作るのに、たとえば金貨十枚必要だとする」

金貨十枚とは、日本円で十万円だ。

「で、金貨十枚で塩を作った。問題や、塩は金貨何枚で売ればええ？」

「そりゃ……十枚以上だろ？」

「せや、利益出さないとあかんからな。作るのに必要だった以上の金額で客に出さないといかん」

つまり金貨十枚で作ったら、十万円で塩を売らないといけないのか。

十万円の塩ってそれ……高すぎて誰も買わないだろ？

「そう、塩が高くて庶民が買えない理由は、究極的にはそういうことや。コストがかかりすぎるから、売値もそれだけ高くなる」

けどな、とクゥ。

「じゃあ問題や。ジロさん、あんたそこにある塩、いくらで作れるんや？」

「いくらも何も……タダだろ」

「そうっ！　タダやっ!!　ただで塩が作れるンやで!!　しかも、この世界にあるどんな塩よりも、高級な塩をやっ!!」

温泉からもってきた塩を、クゥが目をハートマークにして抱きしめる。

「この上質な塩、一度食べればこの世界の住人は、みんなこれの虜になる。それを安定して製造できて、しかもコスト０でやで。これなら……めちゃんこ安く塩売れるやんか？」

そこまで言われて、少しずつ理解が追いついてきた。

「そうか……コスト０なら、いくらで売ってももうけが出る」

しかも売った金額が全部、利益になる。

「せや。それにこの塩なら、ライバルの出現はありえへん。こんな高純度の塩、作れるやつはおらんからな。そして、この先一生、みんなこの美味くて安い塩しか買わないようになる」

市場を独占できるワケか。しかもコスト０。

「それ、もうけやばくないかそれ？」

だってタダで作った塩を、全部売れて、全部金にできるってことだよな？

それ金作ってるのと同じじゃないか？

錬金術じゃないか、そんなの。

「だからやっ!!」

ぐわっ、と目を見開いてクゥが俺の手を取る。

「だからっ!!　ほかのギルドがアンタの価値に気づいてスカウトする前に!!　ウチに来てって言ってるの！！！　わかったかボケなすっ!!」

☆

クゥは、口から火でも出すんじゃないかっていう剣幕で、俺にまくし立ててきた。

「く、クゥちゃん落ち着いて……ね？」

コレットがリビングの床に座り、正座の姿勢のクゥをなだめるように、肩をさする。

しばらく興奮状態だったクゥは、コレットに宥められて、一分くらいして冷静に戻った。

「すみません、冷静さを欠いてました」

また土下座するクゥ。

「すみません、ジロさん。今までの無礼は謝罪します。ですがお願いですから、ウチに来てギルドマスターになってください」

心から反省しているのか、クゥの声に必死さが混じっていた。

というか……無礼？

「どういうことだ？　おまえ、別に無礼な態度なんてとってないぞ？」

俺がそう言うと、クゥは「はぁ〜〜……」とため息をついて、

「こんなお人好しの鴨に、どうしてこんなすごい商売のスキルがあるんやろうな……」

と疲れた調子で言う。

「鴨？」

「はい……。正直に話します。ウチはジロさん、アンタのことを鴨だと思ってました」

「鴨？　カモって……あの鳥の？」

「まあそうですが、あれです、美味しいエサって意味です。だましやすい良い客って意味」

クゥは目を伏せ、申し訳なさそうにしていう。

「気づいてました？　さっき小袋に入っていた塩、あれ１０４ｇだったじゃないですか？」

「ああ、そんなこと言ってたな」

「で、ウチ１００ｇで取引するって言うたじゃないですか？　おかしいって思いませんでした？」

別におかしなことなど何もないと思うんだが。

「……ジロさん、レート。ｇいくらって言いました？」

「たしか塩１ｇで砂金１kgって」

「……なら、４ｇ塩があったら、どれくらいの砂金が手に入るんです？」

あー……。

そうか。

４×１０００＝４０００ｇ
４kgの砂金が、端数としてはぶかれてたんだ。

「砂金は１kgで金貨１枚の価値があります」

つまり俺は、四万円を端数として捨てるところだったたってことか。

向こうの世界で四万円というと、結構な額だ。

気づかずに損するところだった。

その上でのんきにしていたと思うと……確かに俺はいいカモだったわけだ。

「ジロさんにバカだとか考えろとか、ひどく失礼なことを言って……本当にすみませんでした。その口でよく言うなと言われても仕方ありません。ですが言います、ウチの商会のギルドマスターになってください」

☆

「そもそもどうしてギルドマスターなんだ？」

クゥをイスに座らせて、俺が尋ねる。

「簡単です。他社に引き抜かれないようにするためです」

即答するクゥ。

「たとえばウチの職員として商会に入ったとしましょう。ですが単なる職員なら、別に出て行ってもなんも問題ありません。簡単に他社はジロさんを引き抜けます」

確かに平社員なら、簡単にヘッドハンティングできるだろう。

待てよ？

じゃあ逆はどうだ。

つまり……そいつが社長、会社のトップだったなら。

簡単に他社が引き抜けない。

「他のギルドが俺に気づいて引き抜きにくいようにするために、ギルドマスターにするワケか」

「最初からそう言うてるやん……って、すみません。また口が」

「いや、いいよ。気にすんな」

ようやく彼女が言いたいことがわかってきた。

「あの塩を無限に生み出せるジロさんは、もはや存在自体が【金】みたいなもんや。あなたの両手は【金を生み出す手】。金の神様と言い換えてもええ」

な、なんかえらい褒めてくるな、クゥ……。

「ウチら商会は神様、アンタが欲しい。金の神様がウチに来れば、もう一生ウチの商会は安泰や」

だからお願いします！　とクゥが頭を下げてくる。

「でも……いきなり社長、ギルドマスターやれって言われてもな」

「仕事は全部ウチがやります。名義上はジロさんがギルマス、でも実質のギルマスはウチ。面倒ごと全部こっちが負担します」

まあ、それならいいか。

仕事しなくて良いならな。ここを離れたくないし、俺。

「それにギルマスがもらっている分の給金を、他の職員同様に、月ごとに支払います」

「ギルマスって月いくらもらってるの？」

「金貨１０００枚」

……。

…………。

…………………………。い、一千万円!?!?!?

「い、いらねえよ、そんなに!!　てかもらえねえよ!!」

月に一千万円稼ぐやつとかどんだけだよ。

だって年に一億二千万（1000万×12）だぞ？

なんだよそれ、プロ野球選手かよ！

「もらってもらわないと困ります。そうしないと他のギルド職員にしめしつかんですし……」

確かに社長が給料要らねえよって受け取らないと、社員たちは困るだろうけど。

「面倒な仕事はウチが処理します。ウチに来れば何もしなくてジロさんは月に千枚の金貨が手元に入ってきますよ？」

「それは……」

実に魅力的だ。

これでもう金のない生活におびえなくてすむからな。

「本当に仕事はなにもしなくていいのか？　塩作るのはやらないとダメだろ？」

「それはまあそうですが。なにも毎日塩を作ってもらわなくていいです。月に……いや、年に1度、大量に作ってください。それでいいです」

「大量に作って運搬とかどうするんだよ？」

「全部こっちがやります。ジロさんは年1で働いてもらえれば、それでええです」

そう考えると……すさまじい好条件だった。

まとめると、
・社長に就任
・仕事は一年に一度でいい
・月に一千万円（金貨千枚）、定額でもらえる
……うん。

迷う必要は、なかった。

これだけのお金があれば、子供たちやコレットに、楽させてあげられる。

「わかった。引き受けるよ」

「ほ、ほほほほほ、ほんとうに!?!?」

クゥの表情がパァッ！　と明るくなる。

「ありがとうっ!!　ほんまありがとうなぁっ！！！」

ロリ巨乳の少女が、俺のそばまでやってくると、その大きな胸に俺の顔を抱き寄せてきた。

まあ、うん、気持ちよかったね。

「じーろくんっ♪（ぴきぴき）」

コレットさん、ちゃ、ちゃうねん。これ、浮気じゃないねん。……いかん動揺のあまりクゥが伝染った……。

ともかく。

……こうして俺は、商人ギルドの社長（ギルドマスター）を孤児院職員と兼任することになった。

そして年俸一億二千万円という、プロ野球選手並みの給料を、ほぼなにもせずに手に入れることができたのである。

いや改めて、複製スキルって、半端ないなって思った。

☆

商談を終えてクゥは帰っていった。

【正式に社長就任するまでは、もーちょい待ってもらうことになりそうや】

【別に待つのはいいけどどうしてだ？】

【頭の固いお偉いさんたちを説得せなあかんのや】

そんなわけで社長に就任するのは、もう少し後のことになりそうだった。

話を終え、俺とコレットは、リビングでほうっと息を吐く。

「疲れたねえ、ジロくん」

「ああ、どっと疲れたよ」

クゥの狡猾（こうかつ）さとしたたかさ、そしてパワフルさに、俺たちは終始圧倒されていた。

「おつかれさまなジロくんに、恋人の私が肩をもんであげるんだぜ」

イスに座る俺の、背後に回るコレット。

彼女は俺の肩に手を置くと、もみもみともんでくる。

コレットは密着した状態で、肩もみしてくる。

だから、胸が、押しつぶれてますよ。

「むむ、ジロくんが鼻の下を伸ばしてますね」

「す、すまん……」

「なんてなっ。わざと当ててるのよ。疲れが取れるかなーって」

なんとも健気な恋人だろうか。

ほんと、俺この人のこと、好きだなぁと思った。

そのときだった。

「じー」「かせーふはみた」「はわわ」

視線を感じて後ろを振り返ると、子供たちが、俺たちを見ていた。

「あらみんな。来ちゃったのね」

クゥとの用事があるから、子供たちには、部屋で待機してもらっていたのだ。

「おとりこみちゅー？　じゃましちゃいけないかんじかな？」

「いや、取り込んでないぞ」

「そうよみんな。おいで～」

コレットがそう言うと、わっ！　と子供たちが押し寄せてくる。

アムは後ろからついてきた。子供たちの子守をやってくれていたのだろう。ありがたい。

ぴょんと子供たちが、俺の体にしがみついてきた。

「コレットのほうに行かないのか？」

俺は子供たちに尋ねる。

「おねーちゃんはおにーちゃんにくっついてやがるです」

「だからみーたちもくっついてやがるわけ」

「なんだよコン、ぼくのまねか？」

「マネがしたいとしごろなのよ」

キャニスとコンは、俺の両腕にしがみついている。

俺の膝の上に、ラビがよいしょ、と乗っかってきた。

「にーさん、すごいのです！」

開口一番、ラビが言う。

「すごい？　何が」

「だってだって、しゃちょーになるってきいたのです！」

ラビがニパーッと笑う。

「おにーちゃんすげーです」

「にぃはしゃっちょさんにれべるあっぷした」

どうやらクゥとのやりとりを、子供たちも聞いていたらしい。

「みーはさいしょからわかってたよ。にぃがただならぬじんぶつだって」

「！　コン、おめーさいしょからしってやがったです!?」

「ふふふ、みーはけーがんですからね。ほんものをみぬいちゃうわけですよ」

おおー！　とキャニスとラビが拍手する。

「にーさんもすごい！　コンちゃんもすごい！」

「ふふふのふ、ありがとうなラビ。オレっちうれしいっち」

コンがわざと低い声で、そんなことを言う。

「コン、それだれのまねです？」

「いうまでもなく、にぃのものまね。にてるでしょ？」

「「にてない！」」

「げいじゅつのわからぬこどもたちだね」

獣人少女たちが、俺の体にしがみついて、わいわいとはしゃいでいる。

「それにしても」とキャニス。

「おにーちゃんがしゃちょうってことは、ぼくらはもしや……」

ハッ！　とコンが何かに気付いた表情になる。

「もしやみーたちは、しゃちょうれいじょう？」

コンのセリフに、子供たちがピーン！　と耳を立たせる。

「しゃちょうれいじょう！　かっけー！」

「らびたち、しゃちょうれいじょう！　かっこいいのです！」

うれしそうにほおを染める子供たち。

「かっこいい、のか？　社長令嬢って？」

俺がそういうと、キャニスとコンが、はぁとため息をつく。

「これだからおとこってやつは……」

「おとめごころ、りかいしてなさすぎだね」

ねー、とキャニスとコンが顔を見合わせてうなずく。

「すまん。わからなくて」

謝る俺に、子供たちは、

「まーしゃーねーです」

「にぃはおとこのこだからね。しょうがないね」

しょうがないねー、と子供たちが顔を見合わせて笑っている。

コレットはその様子を見て、ニコニコ笑っていた。

「おねーちゃんがわらってらぁ！」

といちはやく、キャニスがコレットの表情に気付く。

「まみーのえがお、におくちょうまんてん」

ぴっ、と親指を立てるコン。

「いいやコン！　ひゃくちょうまんてんです！」

「たしかにいわれてみればたしかに」

うむむとコンがうなる。

「にぃはどうおもう？」

俺に話が振られてきた。答えなんて決まっているので、俺はすぐさま答える。

「キャニスと同意見だ百兆満点」

すると犬っこは、

「へへん！　ぼくのかちー！」と胸を張って言う。

「ちくせう。みーのまけ」とぺちょんとしっぽを垂らすコン。

「これ勝ち負けなんてあるのか？」

俺の問いかけに、キャニスとコンが、また大きくため息をつく。

「これだからおとこのこはだめです……」

「ほんとにぃは、おとめごころりかいしてない。もっとしょうじんせい」

「はっ、すみません。精進します」

すると後ろにいたコレットが、大輪の花が咲いたような明るい笑みを浮かべる。

「そうよジロくん。社長さんになるからって、調子乗っちゃだめよ？」

「はっ、すみません。精進します」

「「「ならよし！」」」

その後。

社長就任祝いだということで、コレットが作ってくれた料理を、みんなで食べたのだった。

5話　善人、王都へ行き、嫁に指輪をプレゼントする

クゥと別れてからは、比較的穏やかな日々が続いた。

社長就任が決まったら使いの者が来るらしい。

俺はそれまでは、子供たちやエルフ少女と日々を謳歌していた。

「ジロくん、おはよっ」

朝はコレットの美声で目を覚ます。

起きると俺の隣には、美しいエルフ少女が、ベッドにうつぶせに寝ていた。

豊満なバストが体重によって、ぐんにゃりとひしゃげていて実にエロい。

「ジロくん、目線がエロおやじになってますよー？」

コレットがいたずらっ子のように微笑むと、のそのそと俺に近づいてきて、俺の腹の上にのしかかってくる。

下腹部に生温かな感触。そして、とんでもなくやわらかな物体が押しつぶされる感覚に、俺はクラクラしてしまった。

「元気だのう、ジロくんは」

コレットがくすくすと笑う。

「しかたないだろ。コレットがそれだけ魅力的なんだよ」

「あらうれしい。あの小さくてかわいかったジロくんも、女性をほめる大人の男になったかぁ。感無量だなぁ」

コレットがうれしそうに笑うと、俺に「ん～」と唇を伸ばしてくる。

小鳥が果実をついばむように、コレットが浅いキスを繰り返してきた。

俺はコレットとそうやって、夜が明けてもいちゃいちゃする。

とはいってもいつまでもいちゃついてはいられない。

俺たちには孤児院の仕事があるからな。

子供たちの食事をコレットが担当し、俺はキャニス達を起こしに行く。

起こせばすぐに起きる子と、そうじゃない子がいる。

前者はキャニスとコン。後者はラビだ。

ぐずるラビを抱っこしながら、子供たちとリビングへ行く。

リビングに来るなり、鼻のいいコンがすぐに気づく。

「む、よきかおり。トマトスープかな？」

「そうよー。ジロくんが出してくれた新鮮トマトで作った、コレット特製トマトスープだ！」

台所に立つコレットがそう言うと、「「「やったー！」」」と子供たちが元気よく声をあげる。

寝ぼけ眼のラビも目を覚ましていた。

子供たちと食卓について、俺たちは朝食をとる。

「じゃあみんな、手を合わせて〜……」

「「「いっただっきまーす！！！」」」

食事が開始すると大変だ。

なにせ子供たちは食欲が旺盛だからだ。

俺とコレットは、自分の食事を後回しにして、子供たちの面倒を見る。

「おかわりよこせやー、です！」

スープを秒で飲み干したキャニス。

「ジロくん」「おっけー」

俺はそれだけで、コレットのやってほしいことがわかった。

コレットはお代わりのスープを注ぐ。

俺はキャニスのトマトソースまみれの口を、複製で出したティッシュでぬぐう。

キャニスのぷくぷくのほおが、べったりと赤く染まっていた。

「やめろや〜。くすぐってーです〜」

「動くなって」

コレットがスープを注ぎ終わる。

俺は手を伸ばすと、コレットからスープ皿を受け取り、キャニスの前に置く。

「あーん。こぼしてもーたー」

一方でコンが、テーブルにスープをぶちまけてしまう。

「コレット」「あいよー」

俺は雑巾を複製して出し、コレットはそれを受け取り、テーブルを拭く。

俺はコンを抱っこしてその場から離れ、新しい子供服を、コンに着せてやる。

「いつもすまないねえ」

「気にするな」

「むぅ、そこは、それはいわないやくそくでしょ、でしょ？」

ときおりコンはあれもしかして……と思うような言動を繰り返す。

だがまあ、確たる証拠があるわけじゃないので、スルーしてるが。

コンに服を着せて戻ると、テーブルはキレイになっていた。そして新しいスープがテーブルの上に置いてある。

「いたれりつくせり。ここさーびすいいね」

コンがぶんぶん！　としっぽをうれしそうに振るう。

「おほめいただきありがとうな、コン」

「ほしみっつだね」

そうやって朝食を取り終えた後は、子供たちの相手をする。

「このー！　うごけー！」

俺たちがいるのは、孤児院の裏庭だ。

前は草が伸び放題の庭だったが、すっかりきれいになっている。

複製で鎌とか斧とかスコップとかを簡単に出せるようになった。それを使って、庭を整地したわけだ。

現在俺はキャニスと、庭で相撲を取っている。

円を描いて、そこでキャニスが、俺を円の外へと追い出そうとしている。

「がんばれキャニス。つっぱれつっぱれ」

「がんばれー！」

子供たちの声援を受けて、

「まけねえぞ！」とキャニスが発奮する。

しばしうーんうーん！　とぐいぐい押された。だが俺の体は微動だにしない……。

が、それだと子供たちが楽しめないだろう。

「お、すごいぞキャニス。押されてきてるぞ」

俺はずりずり、と後ろに押されるポーズをとる。

するとコンが、「にぃ、ぺなるてー」と注意してきた。

「「ぺなるてー？」」

「にぃ、てをぬいていたっていみ」

「なにー！」

キャニスがくわっ！　と目を見開く。

「おにーちゃん！　てぇぬいてんじゃねーです！」

ぷんすか怒るキャニス。

「悪い。手を抜いてるんじゃなくてな……」

するとちょうど、朝ごはんの後片付けを終えたコレットがやってきた。

「あらみんな何してるの？」

「おねーちゃん！」

キャニスが円の外へ出て、コレットのもとへ向かう。

「すもうやってんです。おにーちゃんがてをぬいてくるです！」

「ほほう、それはいけませんな」

「でもぼくじゃかてねーです……」

するとコレットが俺を見て言う。

「よしキャニス！　先生がかたきを討ってあげましょう！」

キャニスの手を引いて、コレットが俺のそばまでやってきた。

「さあジロくん。かかってきたまえ」

円の中で向かい合う、俺とコレット。

「手加減は無用よ。返り討ちにしてあげるんだから！」

「ほー、了解」

俺とコレットは、向かい合って腰を落とす。

コンがちょこちょこと近づいてきて、

「ではりょうしゃみあってみあって。はっけよい……のこった！」

と合図する。

コレットが突っ込んできたので「よっと」俺は彼女を正面から抱きとめて、そのまま持ち上げる。

「はわわ、にーさんちからもちなのです！」

コレットは羽のように軽かった。そして甘い匂いが鼻腔をついて、なおかつ乳房の柔らかい感触が胸板に当たって実に気持ちがいい。

「もうジロくんってば。えっち。も～子供たちが見てるぞっ」

「おっとすまない」

俺はコレットを持ち上げたまま移動して、円の外にそっと、おろす。

「負けちゃったぁ」

コレットが気まずそうに頭をかく。

彼女の周りに、子供たちが集まる。

「まーしゃーねーです」

「あいてはよこづなだからね。まけてしかたないかと」

「でも、ナイスファイト！」「こんじょーあるね」「ままはがんばったのですー！」

コレットが子供たちに励まされていた。

「ありがとうみんな。次は私、負けないから！」

わー！　と子供たちが歓声を上げる。

午前中はそうやって、仕事の合間に、子供たちと遊ぶ。

午後になってお昼ご飯を子供たちに食べさせた後も、俺たちはせわしなく働く。

満腹になった子供たちは、そのまますやすやと、お昼寝タイムに入っている。

その間に、俺たちは孤児院の中の掃除、子供たちの服の洗濯、そして夕飯の下ごしらえ。

それらの仕事を片付ける。

子供が四人もいると本当に仕事量（食事洗濯のこと）が多くなるが、コレットはニコニコ笑ってこう言った。

「やっぱり男手があると、楽だなぁ」

午後三時くらい。リビングにて。

仕事がひと段落して、俺とコレットはお茶を飲んで雑談していた。

「いつもは気づいたらお昼になっていて、気づいたら夕方になっていて、気づいたら一日終わってるのよ」

苦笑しつつコレットが言う。

「こんなふうに空いてる時間にお茶を、なんてできなかったわ。ほんと、ジロくんのおかげ」

「うれしいこと言ってくれるなぁ」

お茶をすすっていると、コレットが俺の真横に移動する。

そして肩に頭をのせて、ほうっと息を吐く。

「ジロくんの隣とっても落ち着く。そういうオーラでも出してるのかな？」

「そんなの出てないよ」

コレットが甘えるように、ぐりぐり、と自分の体を押し付けてくる。

「いや、出てるね間違いない。だってジロくんが隣にいるだけで、心がとってもやすらぐの」

「…………」

やすらぐ、か。俺もそうだ。彼女がそばにいてくれるだけで、心が晴れやかになり、気分がよくなる。

「ジロくんとずっとこうしていたいなぁ……」

ぽつり、とコレットがつぶやいた。

「な、なんてねっ」

自分が何を言ったのか気づいて、コレットがわたわたと慌てる。

「やだもう、私ったら気が早いんだから。まだ付き合って半月くらいしかたってないのに」

顔を真っ赤にして、コレットが恥ずかしそうに、耳をパタパタとする。

コレットとの部屋で思いを告げてから、今日で二週間くらいたっている。

その間、俺は彼女とずっと過ごしてわかったことがある。

俺も、彼女と同意見だということ。

彼女と一緒にいると、心が安らぐ。

ずっと、こうして肩を寄せ合っていたいなと、そう思う。

気が早いと彼女は言ったが、そうだろうか。

俺も、そして彼女も、互いにずっと一緒にいたいと思っているのだから。

なら、その先へ行っても、いいのではないかと思うのだ。

「ジロくん？」

ぼうっと考え事をしていたら、コレットに心配されてしまった。

「すまん、ぼーっとしてた」

「ふふ、恋人とくっついてどきどきしちゃったのかなっ？」

コレットの目が、期待にきらきらと輝いていた。

「はいはい、どきどきしてたよ」

くしゃり、とコレットの金髪を撫でる。

「あらやだ、ジロくんってばもう倦怠期？」

「違うよ」

するとコレットが「ふぅむ」とにまにま笑って言う。

「倦怠期でない証拠を見せてほしいなっ？」

んー、とコレットが俺から離れて、腕を伸ばしてくる。

俺は彼女の細い体を、正面から抱き寄せた。

「えへへっ。ジロくんの体おっきくって頼もしいから、ずっとこうして抱っこしててほしいなぁ」

「はいはい」「もっと強くぎゅっと！」「はいはい」

俺はそうやって、しばらくエルフ少女といちゃつく。

しばらくして、夕方になると、子供たちが起きてくる。

俺は子供たちと外で遊んで、帰ってくるとご飯ができている。

朝ごはんの時と一緒で、俺はコレットと手分けして、子供たちにご飯を食べさせる。

今日はカレーだった。みんなうまそうにばくばく食ってくれた。

「おにーちゃんがきてから、まいにちおなかいっぱい！」

「みーたちふとっちゃう。ぷろぽーしょんきにしないと」

子供たちとご飯を食べた後、みんなで竜の湯へ向かい、お湯に浸かる。

「子供のうちから体形なんて気にしなくていいぞ」

「にぃはふとってるほーがいいの？　まにあ？」「ちがうよ」「そうなのジロくんっ？」「違うってば」

風呂を出た後は、子供たちをベッドに寝かしつける。

といってもみんな布団に入るとすぐに寝息を立て始めるので、すごく楽だ。

そして子供たちを寝かしつけた後、俺はコレットとともに寝る。

そんなふうに、俺たちはゆったりと日常を過ごしていた。

そして……クゥと別れて、半月が経過したある日のこと。

俺たちの孤児院に、客が来たのだった。

☆

その日の朝、我が孤児院に、見知らぬ人間がやってきた。

「おはようございます、社長」

孤児院の玄関口にて、スーツを着込んだ女性が、俺にあいさつしてきた。

「社長……？　えっと、どちらさま、ですか？」

俺はその女の人に、見覚えがなかった。

二十代前半くらい。身長はコレットよりやや高い、つまり女性にしては高身長だ。

ブラックのツーピースのスーツを着て、手には黒の手袋という、黒ずくめの出で立ち。

髪の色も黒であり、ショートヘアなのだが、目が完全に、髪で隠れていた。

髪で目が隠れているので表情がうかがえない。だから若干怖い。

「失礼いたしました、社長。私は銀鳳商会のクゥ様より、ジロ様の社長秘書として遣わされた者です」

そう言って黒ずくめのスーツの女性は、懐から名刺を取り出して、俺に手渡す。

【銀鳳商会・社長秘書・テン】

「ああ……クゥの知り合いの方なんですね」

前髪で目が隠れている女性……テンさんに俺が言う。

「はい。そして本日付けで社長のお世話とボディガードをするようにと、クゥ様より業務命令が下りました」

テンさんが淡々と説明してくる。あまり声に感情がこもってない。

「ボディガード？　ってどういうことでしょう……？」

「言葉通りの意味です、社長。ギルドの長となったあなたには、今まで以上に身の安全に気を配る必要があります。ゆえにあなたを守るための盾が必要だと、クゥ様がおっしゃってました」

それと、とテンさんが続ける。

「私のような人間に敬語は不要です、社長。どうぞ呼び捨てでテンとお呼びください」

テンさんがやはり平坦極まる口調でそう言う。

ううん、コンもしゃべり方が平坦なんだけど、きちんと感情はある。よく観察していればわかる。けどこの人からは、まるで感情の変化が感じられなかった。

こういうの、何て言うんだ？

クールビューティってやつだろうか？

テンさん、目は隠れてて見えないけど、スタイルも良いし、手足がすらっとながいし、モデル体型でキレイだしな。

「はひゃうっ」

「え？」

なんだか知らないが、テンさんが素っ頓狂な声を出した。

「……そ、そんなキレイだなんて、クールビューティだなんて、そんなそんな」

「え、なんだって？」

ぶつぶつとテンさんが何事かをつぶやいていた。

が、俺が声をかけると、

「…………。いえ、なんでもございません。それと先ほども言いましたが、敬称は不要です。テンで良いです。さんなどつけないでいいです」

テンさ……テンは先ほどと同様に、淡々と、ハキハキと話す。

……さっきのは聞き間違いか。

「……ええ、聞き間違いです」

「えっ？」「ところで社長、クゥ様より書状を預かっております」

テンがスーツの懐から、すっ……と手紙を取り出して、俺に手渡してくる。

「クゥから？　なんだろう」

手紙の内容はまとめると以下のとおりだった。
・反対派の幹部たちを説得（物理）したので、社長就任の準備が整った。
・ひいては王都にある銀鳳商会の本店まで来て欲しい。
・その場で就任の手続きをする。
・その際に今月分の給金である、金貨千枚を手渡す。
とのこと。

「書状にも書いてあるとおりですが、社長には今から王都にご足労ねがいたいのです」

手紙を読み終えたタイミングで、テンが俺に言う。

「今からか？」

「ええ、もう準備はできているので、さっさと来いとのことです」

たぶんクゥのことだ。断ったら殺されそう。

それに給料もその場でくれるっていうしな。

「わかった。王都まではどうやって行くんだ？」

「馬車を用意してますのでそれで。あとクゥ様のご伝言なのですが」

「なんだ？」

「奥様やお子様たちをお連れになっても構わない、だそうです」

あの腹黒カラス……。

まだ付き合ってるだけだと言っているのに……。

あいつの中では、もう俺とコレットは結婚していることになっているらしい。

しかしそうか、馬車を出してくれるなら、コレットやアムたちと一緒に王都へ行っても良いな。

「俺を含めると六人になるけど、そんなにたくさん馬車に乗れるのか？」

「ええ。大型の馬車二台で来てます」

「二台？」

「はい。クゥ様からこの間見せてもらった塩を回収してこい、という命令も下されています。【どうせそんなたくさんあっても腐らせるだけやろ？　ウチが有効活用してやるわ】だそうです」

なんというか、あのカラスは……抜け目ないというかなんというか。

馬車を最初から二台用意して、ここまで来させたことで、俺に断りにくい状況を作ったな。

「わかった。裏にあるんだけど、運ぶの手伝おうか？」

「いえ、結構です。こちらで運搬を行います。人手は足りてますのでお気遣いなく。社長はその間に外出の準備を整えてください」

テンがよどみなくそう言う。

そうか、まあ馬車二台で来たんだもんな。

テン以外にも誰か一緒に付いてきているのだろう。

なら任せて良いか。

☆

テンと別れたあと、俺はコレットや獣人たちに事情を説明した。

子供たちは「遠足だー!!」と大喜び。

「おーとなんていったことねーです！」

「みーもないからたのしみすぎる」

「おひめさまのすんでるおしろとかみてみたいのですー！」

喜色満面の子供たち。

その一方で、アムとコレットは、「…………」と微妙な顔をしたのだが、子供たちにせがまれて結局は折れた。

ふたりの反応が微妙だったのはなんでだろな、と思ってふと気づく。

この国には、獣人に対して差別的な意識を持つ人間が、一定数いることを。

ケモノ混じりだといって獣人を避けるやつは多い。

現にここの近くのズーミアの街では、獣人はまともな仕事に就くことができず、犯罪に手を染めて、結果奴隷に堕（お）ちるパターンも多いらしい。

ふたりが懸念していたのは、王都のような人の多いところへ行ったら、子供たちが嫌な思いをするかも知れないということ。

だが子供たちがあまりに「いきたい」と叫びまくったので、ふたりは了承したという次第だ。

まあ、しっかり対策を打っておくことにしたので、だいじょうぶだろうけど。

俺たちが準備を整えて孤児院の外へ出ると、テンは荷（塩）を全部積み終わっていた。

「早いな」

「ええ、まあ。大人数で運んだので」

とは言うけど、その場にはテン以外に誰かがいるようには思えなかった。

「前の馬車には荷が積んでありますので、社長とご家族の方は、後ろの馬車にお乗りください」

俺たちはテンに言われたとおりに後ろの馬車に乗る。

操縦はテンが行うみたいだった。

前の馬車には、別の御者が乗っているのだろう。

テンが御者台に座り、俺たちは馬車に乗り込む。

そのときラビが妙なことを言っていた。

ラビはテンを見て、ぎょっ、と目を剝く。

「はわわわっ、おねえさん、どうして？　え、どうして？　こっちにもいるのですっ？」

ラビがテンと、そして一台目の馬車とを見て、

「はわわわわわっ!!　ゆうれいなのですー!!」

と言って、コレットの背後に隠れてしまった。

「うちの子が失礼なこと言ってすまん」

「いえ、お気になさらず」

そんなちょっとしたトラブルがあったものの、俺たちは王都へ向けて出発することになった。

俺たちはズーミアの近くの森の中で暮らしている。

ズーミアはこの大陸の中央やや南に位置する。

一方で王都は、この大陸の中央から北へ向かったところにある。

ズーミアから王都へは直線距離で51㎞。

歩きだと十一時間もかかるが、馬車（時速10㎞程度）だと五時間ほどで着く。

まあ馬を休ませないといけないので、もう少しかかるかもだが。

ともあれテンの操縦する馬車に乗って、俺たちは王都へと向かった。

馬車は、ズーミアを出発してサカキ、オヴァステの街を通り過ぎ、稲荷山を越えて、ノノイ、アモリと順調に北上していき、

ついに大陸北部にある、この世界最大にして最も栄えている場所。

王都・シェアノへと到着したのだった。

☆

テンの操縦する馬車に揺られて、俺たちは王都へとやってきた。

「「「でっっかーーーーーーい！！！」」」

俺たちの乗る馬車は、王都の城門前にて止まっている。

城門では入ってくる馬車をいちいちチェックしているため、結構渋滞していた。

獣人幼女たちは馬車の窓から、王都の巨大すぎる城門を見て、目をきらきらさせている。

「でかすぎるやろですー！」「まいはうすのさんばい、くらい？」「はわわ、コンちゃん、さんばいいじょうあるのですよー」

「「「ほぁあーーーー!!」」」

と感嘆の声を上げる獣人たち。

いつもなら、子供たちの耳やしっぽは、こういうときに元気いっぱいに動き回るだろう。

だが今は、しっぽも耳も、動いていない。

というか、そもそもしっぽも耳も、ない。

「……ちゃんとお薬効いてるみたいでよかったわ」

子供たちに聞こえないくらいの小さな声で、コレットが俺にささやいてくる。

「そうだな。すごいよ、コレットの魔法薬」

王都へ来る前、コレットの作った外見を変える魔法薬を、子供たちに飲ませているのだ。

理由は簡単。

この世界において、獣人は差別の対象となっているからだ。

大事な子供たちが嫌な思いをするのは耐えきれなかった。

本当は連れていくのをよそうかと思った。

が……。

「なーなー、コン！　あのばしゃ、ばしゃじゃねーですっ！」

「わお、ちりゅーだ」

「はわわ、ちっちゃいドラゴンがばしゃひいてるですー！　すごいなのですー！」

「ちりゅー、あしはやい」

「コンちゃんものしりなのですー！」

「ふふ、はかせごー」

「なーなー、アムねーちゃん、はらへりやがりますですっ、おやつもってねーです？」

「もうちょっとで着くから我慢しなさい」

「やー！　はっらへったー！」

この子たちの賑やかな、そして楽しげな様子を見ていれば、連れてきて正解だったと思えた。

「……ジロくん。ありがとう。あの子たちとってても喜んでる。連れてきて正解だったよ」

コレットが子供たちを見ながら目を細める。

コレットも俺と同意見だったのだろう。

……俺は彼女の耳を見やる。

耳は、エルフの長い耳へと、偽装されていた。

コレットも魔法薬を飲んで、外見をエルフに偽装していた。

ハーフエルフも獣人同様、まじりものだと差別されているのである。

あらためて思うのは、どこの世界でも差別はあるんだなと。

地球だろうと、異世界だろうと。

「…………」

コレットが、隣に座る俺に手を伸ばしてくる。

俺はほっそりとしたコレットの手を見る。手も指もそして腕も、驚くほど細い。こんな細い腕で
子供たちのご飯を作り、洗濯をしていたのか……。

腕を包む服を見やる。

金がなくて、ろくに服を買えなかったのだろう。彼女の着ている服もぼろぼろだ。

装飾品はひとつもない。若い彼女は、おしゃれしたい年頃だろうに。

それら全部から、彼女の苦労が滲み出ていた。でも、もうその苦労を、この子は背負わなくていい。いや、俺が背負わせない。

「コレット」

「んー？　なぁに、ジロくん？」

俺はコレットの肩を抱きよせる。

彼女はちょっと目を見開き、安心しきったように、俺の肩に頭を乗せてくる。

「これからはおまえに、おまえたちに、二度と苦労させない。約束するよ」

俺がコレットの手に、自分の手を伸ばす。

コレットが応じるように、指を絡めて、そして手をつなぐ。

少し力をこめたら折れてしまいそうな細い手。

俺はこの手を、もう二度と離したくない。

子供の時のような別れは、もう嫌だ。

「…………。よし」

決めた。

そうしよう。

恋人になって半月ちょっと。

早すぎるかも知れない。だが違う。

俺は子供の頃から今まで、二十数年間、ずっとこの人を思い続けてきたのだ。

長すぎるくらいだ。

むしろ、遅すぎるくらいかも知れない。

資金の目処も立った、今なら。

よし。

「きゃっ。ジロくん、どうしたの、薬指なんて触って」

俺は彼女の左手の指を、指でつまむようにして触る。

ううむ、手だけでは正確な大きさがわからないな。

「コレット、何も聞かずに目を閉じてくれ」

俺のお願いに、コレットがほおをぽっと染める。

「……あらやだジロくん。あの子たち外に夢中でこっち見てないけど、子供たちの前なのよ。駄目だってば。ん～」

そう言ってコレットが目を閉じて、唇を突き出してきた。

嫌がってたんじゃなかったのか……と内心で突っ込み入れつつ、むしろウェルカムみたいな顔のコレットをよそに、行動を開始する。

すばやくメジャーを複製。左手の薬指のサイズを測る。

「……ジロくんまだかしら。ん～」ごめんもうちょっと待っててくれ。「ん～！」待ってってば！

サイズを測り終えて、最後にコレットの唇に軽くキスをし、「目開けていいぞ」と言う。

コレットは目を開けて、はてと首をかしげる。

「ジロくん、キスするまでなにかしてた？」

「ひみつ」

「けちー」

とコレットはちょっとほおを膨らませただけで、それ以上なにも言ってこなかったのだった。

サイズは測った。

あとは、買うだけだ。

☆

城門でのチェックを終えて、俺たちを乗せた馬車は、王都の中へと入った。

子供たちは、城門の外にいたときよりも、さらにせわしなく首を動かしている。

馬車はそのままクゥの待つ銀鳳商会の会館へと向かった。

建物の前に馬車が止まり、俺たちは降りる。

「「「ここもでけーーーーぇい!!」」」

幼女たちが建物を見上げて絶叫する。

確かにでかい。

「なにこれこっかいぎじどー？　でかくってひろすぎるね」「「？」」「ふふ、わからないならいいよいいよ」

子供たちとともに、俺は建物を見やる。

白亜の建物。

入り口には大きな銀の鳳の像がふたつ並び立っている。

巨人でも通るの？　というほど大きな会館の出入り口の前に、鴉天狗（からすてんぐ）のクゥが立っていた。

「遠いところご苦労さまです、社長」

ぺこっ、とクゥが恭しく頭を下げてくる。

「それやめようぜ、なんか調子狂う」

先週のあのすごい剣幕を覚えているからな。

「せやな。んじゃお言葉に甘えることにしますわ」

そう言ってクゥが態度をころっと変える。

うん、その方がいい。

「せんせぇ、遠いとこすまんかったな。用事あるのはせんせぇの旦那さんだけだったんやけど」

クゥが俺の隣に立つコレットに話しかけてくる。

「ううん、気にしないで。むしろ招待してくれてありがと。子供たちみんな喜んでるわ」

きゃっきゃっ、と子供たちが銀の鳳の像を見てはしゃいでいる。

アムはその後ろに立ち、幼女たちを見張っていた。

「いえいえ。テンもご苦労さん。塩は倉庫へ運んどいてくれな」

「承知いたしました、クゥ様」

いつの間にかいたテンが、クゥに恭しく頭を下げる。

テンは馬車に向かって歩くと、御者台に座った。

そして馬車を走らせる。

「…………あれ？」

一瞬、おかしな光景を目にした。

「どないしたん？」

「いや、なんか馬車のさ、御者台にテンがいたように見えたんだけど」

「いやそらおるやろ。今座ったのみたやろ？」

「いやそうじゃなくって」

俺は見たままの光景を口にする。

「二台ともの御者台に、テンが座ってなかったか？」

そう、二台あるうちの前と後ろに、テンがいたのだ。ふたごとかそんなレベルじゃない。

同じ人間が、ふたりいたのだ。

「せやな」

とあっさり肯定するクゥ。

「あの子はな、もともとは暗殺者（アサシン）……いや、ジロさんの世界の言葉で言うなら、忍者なんや」

塩の件のあとに、俺は自分が転生者であることを、クゥには伝えたのだ。

しかし……忍者？

「せや。あの子は鎌鼬。風に乗って音も無く近づき、その鎌で寝首をかく、ちゅー生粋の暗殺者よ」

　なんと、テンも獣人だったのか。

　のわりには耳とかしっぽとかなかったけど。

「だから言うたやろ、あの子は忍者なんや。変装くらいお手のもんや」

「なるほど偽装しているのか」

「せや。あの子たちと同じでな」

　この世界では獣人が差別されているからな。

　どうしてみんな、こんなかわいい獣人たちを差別するんだろうな。

　差別する方も、される方も、なんだかかわいそうに俺は思えた。みんな偏見で物を見すぎて、世界が狭くなってるよな。

　それはさておき。

「あれ、おまえも獣人だろ？　見た目隠さないのか？」

　ふと気づいてそういう。

　そう、クゥだって獣人だ。

　だが彼女は、

「あはは、なにゆーてんや。ウチを見てまじりもんとか言う無礼なやつ、この世界ではひとりもおらんよ」

にこーっと明るい笑みを浮かべるクゥ。

さすが商魂たくましい商人だ。

強く生きてるんだな、この子は。

「さっ、立ち話もなんやし、中に入ろか」

そう言って、クゥ主導のもと、ギルド会館へと入る俺たち一行。

アムとコレットに子供たちの面倒を任せ、別室で待機してもらう。

俺とクゥ、そしてテンが、社長室へと連れて行かれる。

「あれ、テン。いつのまに」

「いえ、ここにいる私は分身の私です。本体は塩を運びにいっております」

とテンが答え、なるほどと納得がいった。

あのふたりいたテンは、分身だったんだな。

塩を運び出すときも、分身して増えたから、あの大量の塩を短時間で運び込めたのだろう。

いや、やっぱりすごいな、この子。

キレイな上に仕事までできるなんて。

「あぅあぅ」

とテンがいきなり変な声を上げる。

「そ、そんなキレイな上に仕事できるなんて……」

いやんいやん、とテンが身を捩る。

「え？　なんで？　俺の思ってることを……？」

そう言えば孤児院を出るときも、なんかこういうことあったな。

「あー、その子な、人の心も読めるんや」

「すごいな。それも忍術か？」

こくり、とうなずく。はー……便利だなぁ。

そうこうしゃべっていると、社長室に到着した。ドアを開けると……。

「ここもえらい豪華だな……」

赤い毛の長い絨毯が敷かれている。

壁際には絵画やら壺やら、高そうな品がこれでもかってていうほど置いてある。

バーカウンターまでついてるし。

部屋の最奥には、これまたでっかいガラス張りの窓があった。

その前にはでかい机が置いてある。

「ここ、社長室や。けど先に言うとくけど、この部屋はわたさんから」

きっ……！　とクゥがにらんでくる。

「だいじょうぶだって、わかってるよ。おまえのお気に入りの部屋なんだもんな」

俺がそう言うと、クゥはきょとんと首をかしげる。

「なんや、わかっとるやん。ジロさんアホなんかとおもっとったけど、存外そうでもないんやな」

「ずばずばいうなー」

なんかあの一件以来、俺に対するあたりが強くなってる感ある。

こっちの方が本来のクゥなんだろうな、となんとなく思った。

「まっ、ちゃちゃちゃっと手続き終わらせよか。ウチもヒマやないんや。テン、飲み物だしてって」

「かしこまりました」

と返事をした瞬間には、テーブルの上に飲み物が出現していた。

見やると、すでにバーカウンターにはテンの分身が立っていた。

「ま、座ってや」

クゥがテーブルの前にあるソファを指さす。

俺は腰を下ろす。……おお、柔らかい。

「んじゃま、はじめよか。テン、契約書類」

「ここに」

呼んだ次の瞬間には、テンが必要なものをそろえて持っていた。

ううむ、有能。「はひゃぅ♡」あ、すまん、心読めるんだった。

「有能で美人なボディガードかしてやるんや。手ぇだして妊娠させたらぶちころすからな」

書類を俺の前に置きながら、ぎろっとクゥがにらんでくる。

「そんなことしないよ。だいいち、俺にはコレットがいる」

「せやったな」

雑談をしながら、俺は大量のこれらの書類にサインしていく。

内容は全然頭に入ってこない。

というか、クゥが読まなくて良い、名前だけ書きまくれと言ってきたので、そうしている。

前なら警戒しただろうが、今はもう、この子に俺を騙すうまみはないからな。

信用して良いだろう。

結構……三十分くらいだろうか。

それくらいかけて、書類に全部サインし終えた。

「お疲れさん。テン、確認作業」

「御意」

大量の書類の山を、テンは抱きかかえる。

バーカウンターまで移動し、彼女は分身の術を使う。

何十人ものテンが出現し、書類を一枚ずつ手に取り目を通して、またひとりに戻る。

「確認終わりました」

「すごいな分身って」

ほんとうにあっというまに、あの大量の書類に目を通してしまったのだからな。

「これでアンタはウチらの商会の社長(ギルマス)や。就職おめでとうーさん」

ぱちぱち、と手を叩くクゥ。

背後でテンも拍手してくれた。

「どうも。あんま実感ないけどね」

「まっ、おかざりやからな」

「だな。仕事も責任も背負ってないんだ。そりゃ実感もないか」

うんうん、とうなずきあう俺とクゥ。

「んじゃま、テン。社長様に給料出したって」

「どうぞ」

テンがまた、クゥに言われる前に用意を済ませていた。

大きめの革袋を、テンが俺の前に、恭しく差し出してくる。

「ありがとう、テン」

「いえ、仕事ですから」

ぴしゃり、と答えるテン。うーん、出来る女の態度だねえ。「はひゃぅうう」かわいいねぇ。

テンから給料の入った袋をもらった。

それを確認して、クゥがうなずく。

「んで、どーする？　まさかと思うけど、そのまま持って帰らんよな」

「そんなまさか。こんな大金持ち歩けないよ。スリにでもあったら大変だ」

「なんやちゃんとわかっとるやん。んじゃ、ほい」

ひょいっ、とクゥが俺に一枚のカードを手渡してくる。

テレフォンカードみたいだ。

銀のフェニックスの絵柄が描いてある。

「それマジックキャッシュカードな。作っといたわ」

「おお、サンキューな」

俺は受け取ったマジックキャッシュカードを、通称マジックカードを、革袋にぺたりと載せる。

すると、革袋からずぉっ……っと金貨がごっそりと消えた。

「前世が地球人とは言え、アンタ現地人だから説明いらんとは思うがいちおー説明しとくわ」

クゥが出されていた飲み物を口にして言う。

「そのカードには金が入るようになっている。入れ方は単純、カードに金貨を載せるだけ。で、金額を思い浮かべながら振ると、使いたい金額が出てくるっちゅーわけや」

俺はマジックカードを持って、金貨一枚と念じながら、カードを振る。

ちゃりん♪

と音がして、金貨がカード中央、銀の鳳の部分から出てきた。

「カードにはセキュリティの魔法がかかっておって、本人以外がカード振っても金貨は引き出せん。

……が、なくさんといてな。再発行するのめんどうやから」

「ああ。了解」

「カード番号しっとったら送金もできるさかい、毎月の給料は自動的に振り込まれるようになってるから、今日みたいに毎回こなくてもええからな」

カード裏面には魔法文字で番号が書かれていた。

「これにて終了。おつかれさん」

「ああ、いろいろありがとな」

「別にええて、そのぶんもうけさせてもらうからな、神様？」

にんまりと笑うクゥ。

「その呼び方、俺どうにも好かないんだがな」

俺は苦笑しながら、出されていた飲み物を口にする。

「これで用は済んだわけやが、どないする？　このあと。あ、帰りもちゃんとテンが送ってくことになっとるから心配せんでええよ」

そうだな……と俺は考えて、そうだ、とうなずく。

「なあ、クゥ。ちょっと欲しいものがあるんだが、それをこの街で売ってる店を紹介して欲しい」

「ん、えーよ。何がほしいん？」

俺はコレットの手の感触を思い出しながら、クゥに言った。

「指輪が欲しいんだ」

☆

クゥのギルドで用事を済ませたあと。

俺は自分の用事をすませて、それを終えてから、コレットたちのもとへ戻った。

それから、俺は孤児院のみんなとともに、王都を観光することにした。

王都の中央広場にて。

「すげー！　なんじゃこれー！」

「おう、やたいばっかりやん。おまつりでもやってるの？」

「ひ、ひとがいっぱい！　こわいのです！」

子供たちが周囲の様子を見て驚いている。ラビは怖がって抱き付いてきた。

俺はラビを持ち上げた。

「お祭りじゃないですよ。王都はいつもこれくらいにぎやかです」

そう答えるのは、テンだ。

彼女は王都にいるクゥのもとで働いていたからな。王都のことに詳しいのだろう。

「テン。俺は王都に詳しくない。いろいろ教えてくれないか？」

「かしこまりました、社長」

ということで、テンにあちこち案内してもらうことにした。

その一方で、俺はこっそりと、テンに耳打ちをする。

「……テン。俺、指輪が欲しいんだ」

「……了解です。分身にこっそり買わせに行きます」

「……いや、できれば自分で選びたい」

さすがに一生に一度の買い物だからな。できれば他人ではなく、自分で選びたい。

「……ただ、どうしよう。買いに行くタイミングあるかな？」

「……それでしたら私、【変化】の術が使えるんです」

変化の術か。相手の姿に変身する術。そういえばテンは忍者だったなと思い出す。

「……タイミングを見て変化し、しばらく社長のふりをしてます。その間に買いに行ってください」

「……なるほど。それでいこう。ありがとうな」

「……いえ、仕事ですから」

かくして指輪を手配する準備が整った。

「さてでは、まずはどこへ行きましょうか？」

テンが声を張って、俺や子供たちに語りかけてくる。

「うーん、どこもわかんねーです」

「みーたちおのぼりさんだからね」

「とりあえずあまりひとのいないところがいいのです……」

子供たちはどこへ行きたい、という要望はないらしい。

返事が来なくて困惑するテンに代わって、俺が子供たちに尋ねる。

「じゃあ何か欲しいものはないか？　好きなの買ってあげるぞ」

すると子供たちは、いっせいに首を傾げた。

「ほしい？」

「すきなもん？」

うーん、と子供たちがうなる。

「！　はいはい！　ほしーもんあるー！」

とキャニスが手を挙げる。

「お、なんだキャニス。いいぞ、高いものでもどんとこい」

なにせ一千万円の給料があるんだからな。

前は買えなかったが、今では好きなものを子供たちに買ってやれる。

俺の言葉に、キャニスは元気よく答えた。

「おねーちゃんのビーフシチュー！」

にかーっと笑顔でキャニスが言う。

……。

…………。

……………………。

俺たち大人組は、微妙な顔になった。

「どうしやがったです？」

「いや……うん。ほ、ほかにないか？」

「ううん、ぱっとはおもいつかねーです……」

考え込むキャニス。その一方で、

「へいにぃ」

とコンが手を挙げた。

「まみーのつくってくれたくつした。あなあいちゃった。ぬって」

「それは……ほしいものなのか？」

どちらかというと要望のような……。

「な、なにかないのか？　ほんとなんでもいいぞ。金の心配なんてしなくていいんだからな」

俺の言葉に、ラビが最後に手を挙げる。

ラビ。おまえが頼りだ。

「ままに、ぎゅーっとしてほしいのです！」

……。

…………。

…………………………。

俺はラビをコレットに手渡す。

コレットはラビをよいしょと抱っこしながら、苦笑して答えた。

「みんな貧乏暮らしが長かったから、あまり物をほしがってないみたいね」

なんとまあ……。

そうだったのか。

ほしいものが手に入らない状況が長かったから、そもそもほしいという感情がわからないらしい。

いや……それは、だめだろ。

子供はもっと無邪気でわがままでいい。

欲しいものがないなんて間違っている。この子たちの年ごろなら、ほしくてたまらないものがそれこそ、山のようにあってもおかしくないのだ。

かつては、金がないから無理だった。

けど、今は違う。

「よし、テン」

俺は社長秘書を見て言う。

「子供たちが喜びそうな場所……全部回ってくれ」

☆

そんなわけで王都を見て回ることになった俺たち。

まずはおもちゃ屋へと向かった。

「おおー!!」

キャニスは大量のおもちゃを前に、歓声を上げた。

「こ、コン……やべえぞ！　やっべえぞ！」

キャニスは隣に立っているきつね娘のしっぽをつかんでぶんぶんと振るう。

「やめい。けなみがみだれちゃうでしょ」

「すげー！　すげー！　なんだこのおもちゃのかずー！！！」

「きいてないし。やれやれこどもですね」

ショーウィンドウに並ぶおもちゃに目を輝かせるキャニス。

コンは大人ぶっていたが、「ほう。てでぃべあがあるやん。いいしなぞろえ」と熊のぬいぐるみを気に入り、ラビは「うさぎさんなのですー♡」とミニチュアのウサギぬいぐるみとドールハウスに夢中だった。

俺はキャニスに近寄る。

犬っこは両手にドラゴンと勇者の人形を握って、ばしばしと戦いごっこをしているようだった。

「それが気に入ったのか？」

「うん！」

「そうか。んじゃ買うか」

へ？　とキャニスが目を丸くする。

「か、かう？　おもちゃ、かう？」

むしろ買えるの？　とでも言いたげに、キャニスが不安げに眉をひそめる。

孤児院に金がないことは、子供たちでも承知していたのだろう。

だから贅沢はできないと、子供ながらに、この子たちは察していたのだ。

……けど、そんな日々も、もう終わりだ。

「ああ。買おう。ほかに欲しいものはないか？　全部持ってこい」

「じゃあ、じゃあ……これもっ！」

キャニスがとってきたのは、魔王の人形だ。

俺はそれらの人形を抱きかかえたキャニスとともに、みんなのもとへ行く。

子供たちの人形をレジに置く。

キャッシュで支払うと、おもちゃを子供たちに渡す。

「ほ、ほんとうにいいんです？　おにーちゃん？」

「かえせといわれてもこまるよ？」

「ら、らびも……」

子供たちはそれぞれの人形を気に入っているらしく、手放そうとしない。

それでいい。

もっともっと、ほしがっていいのだ。

「ああ。受け取ってくれ。俺からみんなへのプレゼントだ」

「「「…………」」」

子供たちがじっと俺と、プレゼントと、そして俺を見ると、ぱぁああ！　と笑顔になる。

「「「ありがとー!!!!」」」

うれしそうに人形を抱きしめる子供たちを見て、俺はこれでいいと思う。

子供は我慢なんて、しなくていいのだ。

おもちゃ屋を出た後、隙を見てテンと入れ替わった。運のいいことに、おもちゃ屋のすぐ隣が、目当ての宝石商の店だったのである。

店に入って、選ぶのに時間がかかるかと思われたが、すぐにほしいものは見つかった。

【それ】を見た瞬間、これのほかにないと直感が働いたのだ。

もっと悩むべきだろうか。でも直感は大事にしたい。

指輪を買って、すぐにテンのもとへ行く。こっそりと入れ替わって、ミッションコンプリートだ。

さて。

……指輪を、手に入れた。

俺はこの指輪を、コレットに渡すつもりなのだ。

俺の大事な女性、コレット。

俺はもう、恋人以上の関係性を、彼女に求めていた。

だから指輪を渡して、気持ちを伝えよう。

そう思っての、購入である。

「しかしどのタイミングで渡すかな……」

まさか子供たちがいる前じゃ無理だしな。

ちなみに当の本人、コレットは子供たちと一緒に、俺から離れた場所にいる。

「みてみておねーちゃん！　ドラゴン！」

「あらキャニス。かっこいいわね」

「へいまみー。くまちゃん」

「あらかわいい」

「のん。かっこいいのまちがい」

「あ、あらそうなの。かっこいいわね！」

「ままー！　うさちゃん！」

「えっと、どっち……か、かっこいい！」

「ちがうのです、かわいいのまちがいなのですー！」

コレットは子供たちに人形を見せられていた。

良かった、俺のほうには気づいていないようだ。アムもコレットのそばで苦笑しているし。

よし。

「みんな、そろそろ移動するぞー」

俺は子供たちに近づいて言う。

「次はどこへ行きたい？」

すると……。

「はいはいアイスクリームくいてー！」

「やたいでほっとどっくがたべたーい」

「ら、らびはえほんがほしいのです！」

さっきと違って、すぐにほしいものが口をついていた。

いい傾向だ。

ということで、子供たちのリクエストである場所を全部回ることになった。

まずはアイス屋へ。

「おー！　さんだん！　さんだんアイス！」

「さんだんがさねのかがみもちみたい」

色とりどりの球状アイスを三段にしたものを、子供たちに買う。

「ぺろぺろ、うめー！」

「ぺろろん、うまー」

「あむあむ、おいしー！」

子供たちはアイスに夢中だった。

よし、ここか？

俺はコレットに近づく。

このタイミングで渡すか？

俺はコレットの肩をたたこうとする。

そして、コレットはヒュッとしゃがみ込んだ。

すかっと、俺の手が空を切る。

「あらあら。みんなお口がアイスまみれですよー」

しゃがみ込んだコレットが、アイスまみれの子供たちの口を、ハンカチでぬぐっていた。

渡せなかった……。

ええい、次だ、次。

次にやってきたのは、本屋だ。

王都の本屋は広く、壁一面に図鑑やら小説本やらが、ところせましと並んでいた。

「わぁ！　わぁ！　ごほんがたくさんあるのですー！」

本を前にラビが歓声を上げる。

「ラビはガキだな、です」

「ほんとほんと。ほんくらいでおおよろこびしちゃってまあ」

しかしそのふたりも、お気に入りの絵本を見つけて「わー！」「わぁ」とはしゃいでいた。

「にーさん、これと、これと、これがほしいのです！」

ラビが背伸びをして、高いところにある本を指さす。

俺は全部取ってやった。

「にーさんはせがたかくてすごいのです！」

「ありがとう。ほかにないか？」

「えっとえっと、さがしてくるのです！」

ラビが離れていく。キャニスとコンは端っこのほうで立ち読みしていた。

コレットがフリーである。

「よし」

俺はコレットに近づく。

「なぁ、ちょっといいか?」

「ん?　なーに?」

コレットが俺を見上げてくる。

無防備な表情だ。今から何が起きるのか、まったくわかってないみたいだ。

俺はポケットから箱を取り出そうとする。

……だめだったらどうしよう、という気持ちが脳裏をよぎった。

「どうしたの?」

「あ、いや……その……」

ええい、何をヘタレてるんだ。

俺はポケットから小箱を取り出して、コレットの前に出そうとした、そのときだ。

「にーさん!　あそこのたかいところのごほん、とってほしいのです!」

本を選び終えたラビが、こっちへとやってくる。

俺は慌ててポケットの中の物を奥へと押し込んだ。

「どうしたのです?」

きょとんと目を丸くするラビ。

「な、なんでもないぞ。本だな！　よし取りに行こう！」

俺はラビと一緒にその場を退散する。

次だ、次！

……しかしその後も、俺はなかなか、コレットに指輪を渡すタイミングをつかめなかった。

ホットドッグを食いに行ったら、子供たちがみんな俺に一口どうかと勧めてくる。

見世物小屋へ行ったら、俺とコレットの間に子供たちが座ってふたりきりになれず。

服屋へ行って試着する子供たちから離れてコレットを探して、試着室に入ってしまい「ジロくんのえっちー！」と叱られてしまった。服を試着している最中だったのだ。

ほおにビンタの痕を作って試着室を後にする。

「ジロ」

と、猫獣人のアムが、俺に近づいてきた。

「あんた、さっきから何やってるのよ……」

あきれ調子でそう言う。

「み、見てたのか？」

「ん。まあ。なんかさっきから変よ。どうしたの？」

へ、変ですか……。

しかし、そうか。変だよな。さっきから指輪を渡そうとして失敗しまくってる姿は、さぞ変に映るだろう。

子供にまで指摘される始末だ。情けない……。

結局王都観光中は、俺はコレットに、指輪を渡せなかったのだった。

☆

そして夕方。

帰りの馬車にて。

「がー……ぐぅー………」「むにゃむにゃ、たべれぬ」「すぅー………」

子供たちはイスに座って、身を寄せ合うようにして眠っていた。

「………………」

アムも疲れたのか、目を閉じている。猫耳がぺちょんと垂れていてちょっとかわいい。

「みんな寝ちゃってるわね」

くすっ、とコレットが笑う。

「あんなに、はしゃいじゃって」

「そうだな。と言ってもいつでもキャニスたちははしゃいでる感あるけど」

ううん、とコレットがニコニコしながら首を振るう。

「今日は特別に楽しそうだった。ありがと、ジロくん。あなたのおかげで、あの子たちに楽しい思い出を作ってあげられたわ」

隣に座るコレットが、きゅっと俺の腕に抱きついてくる。

彼女の爆乳が腕にあたってぐにゃりと凹む。あいからわず柔らかい胸だった。

「それにしても、ジロくんが社長かー」

窓の外の、遠ざかる王都を見ながら、コレットが言う。社長（ギルマス）と言われて前社長のことを思い出した。

「そう言えばさ、クゥって孤児院の出なんだよな」

「ええ、十五年前の卒業生よ」

「なら、なんでクゥに借金の肩代わりとかしてもらえなかったんだ？」

年に一億二千万円もらっているクゥなら、1億円の借金くらい返せたと思うんだけど。

「あの子、私たちの借金を肩代わりしようとしてくれてたの。でも……断ったの、私が」

「それは……どうしてだ？」

コレットは窓から目線を離し、俺を見上げながら言う。

「巣立っていった子供に、お金ちょうだいなんて、言えるわけないでしょう？」

コレットは俺の肩に頭を乗せ、ほぅ……っと安堵の吐息を漏らす。「ジロくんのにおい、おちつく……」と小さくつぶやく。

「そっか。そうだよな」

社会に羽ばたいていったひな鳥に、親鳥がたかるなんてできないよな。

「…………」

「…………」

しばらく沈黙が流れる。

窓の外からは夕日が差し込んできた。

子供たちは眠っている。

今が……そのときか。

「コレット。ちょっといいか？」

俺がそう言うと、コレットが体の位置をなおして、「どうしたの？」と俺の目を見てくる。

美しい、青空や海にもまけない、きれいな青い瞳。

店でこの指輪を見た瞬間、コレットの姿が脳裏をよぎった。

俺の愛おしい、エルフ少女の姿が。直感的に悟った。これが、いいと。

「コレット。受け取ってくれ」

俺はズボンの中から、小さな箱を取り出して、ふたを開ける。

そこの中には……。

「指輪……？」

コレットの目が、大きく見開かれる。

箱の中には、小さな指輪が入っていた。

銀の輪に、青い小さな宝石がひとつ、アクセントとしてついている。

シンプルなデザインの指輪だ。

コレットには派手なものより、こうしたひかえめな装飾品のほうが似合うと思った。

コレット自身に華があるからな。

「コレット。これ、おまえの左手の薬指に、ピッタリ合うように作ってもらったんだ」

「それって……」

この世界にも、左手の薬指には、結婚指輪をはめる風習がある。

「……ウソ。……ほんとうに？」

コレットは意味を察してくれたのだろう。

じわり……と彼女の宝石のように美しい瞳が、涙で濡れて、さらに美しく光り輝く。

「いいの？　私みたいな、まじりもので……？」

ちょうど魔法薬の効果が消えて、コレットの耳が元の長さに戻る。

エルフにしては短く、人間にしては長い、ハーフエルフの象徴。

「なあ、コレット。俺と約束してくれないか」

「約束……？」

うなずいて、コレットに言う。

「もう二度と、自分のことを、まじりものなんて呼ばないでくれ」

俺は指輪の入った箱をいったん脇に置いて、エルフの少女を抱き寄せる。

「前にも言ったろ？　俺はハーフエルフだとかまじりものだとか、そんなの気にしない。俺は、おまえだから好きだって」

告白したときのセリフだ。

彼女も覚えていたのか、うん……うん……とうなずいている。

「その気持ちは恋人になってから、いや、子供の時から今までにいたっても、変わってない」

俺は子供の時ひとめぼれしてから、今こうして抱きしめている今のこのときまで、彼女への思いも印象も、変わらず、大好きだった。

今でも大好きだし、これから一生、大好きでいる自信がある。

「コレット。これからも俺のそばに、ずぅっといてくれ。恋人じゃなくて、本当の家族として」

俺は彼女の抱擁を解く。

隣に置いてあった箱を手に取り、中から指輪を出す。

彼女の左手を、つかむ。

嫌なら、手を拒んでくるはずだ。

だがコレットは黙って、俺にされるがままになっている。

拒絶の意思は、その美しい瞳にはなかった。

歓喜の涙と、そして最高の笑みが、同時に青い目に浮かんでいた。

俺は彼女のほっそりとした薬指に、指輪をはめる。

コレットは自分の左手を胸に抱いて、

「……うれしい」

と小さくつぶやく。それで十分だった。

俺はコレットの腰に手を回し、彼女を抱き寄せる。

「……ジロくんのぶんの指輪は？」

「ん？　あるよ。あとで自分ではめようかなって思ってる」

「だめ。貸しなさい」

コレットが先生みたいなことを言う。まあ、先生か、昔も今も。

「了解、先生」

俺は指輪をコレットに手渡す。

コレットはそれを受け取り、俺の手をつかみ、同じく薬指に指輪をはめてくる。

「ジロくん……」

コレットがバッ……！　と俺に抱きついてきた。

甘いにおいと、蕩けそうなほどの柔らかい感触。

そして温かな彼女の体の温度を感じながら、口づけをかわした。

俺の左手にも、彼女の左手にも、同じ指輪があって、夕日に照らされて輝く。

俺たちは日が沈んで何も見えなくなるまで、いつまでも抱き合っていた。

こうして、コレットは恋人でなく、正式に俺の嫁になったのだった。

おまけ

善人のおっさん、
冒険者を引退して孤児院の先生になる
エルフの嫁と獣人幼女たちと
楽しく暮らしてます

善人、嫁と子供たちと温泉に入る

それはコレットに思いを告げて、夫婦になった翌日の出来事だ。

その日の夜。

俺はコレットとともに、子供たちをつれて、孤児院の裏にある竜の湯へとやってきた。

「ぼくがいっちばーん！」

「みーがにっぱーん」

「はわわ、みんなはしったら、あぶないのですー！」

犬っことキツネ娘が、湯船に向かってててててて、と走って行く。ラビが後ろから止めるが、ふたりは立ち止まる様子はない。

「ふたりともー、だめよー」

ぴたり、とキャニスとコンが立ち止まる。

背後を振り返ると、タオルに身を包んだコレットが立っている。

男を釘付けにする魅惑のボディ。ぷっくりと膨らんだ乳房と尻、きゅっとくびれた腰。

俺はコレットの体に目がいってしまう。

「ジロくんのえっち」

「あ、いや。その、すまん……」

するとコレットが俺のそばまでやってきて、耳元でささやく。

「別にいいよ。だってもう、私はジロくんのお嫁さんだからね♡」

言って、花が咲くような笑みを浮かべるコレット。

至近距離で見る彼女の顔は、本当に美しかった。

こんな美人できれいなエルフ少女が、本当に俺の嫁になったのか……。

現実感がなさすぎてすごい。

とコレットに見とれていたそのときだった。

「…………」

ゲシッ！　と誰かが俺の脚を蹴ってきたのだ。

見やると、そこには小柄な猫獣人のアムがいた。

「どうした？」

「…………べつに。ただ、あんたとコレット、前よりさらに仲良くなってない？　なんか妙に距離が近いっていうか」

じとーっとアムが俺とコレットを見て言う。

「……どうしましょう、結婚したことを伝えた方がいいかしら？」

「……まだ早いだろ。時期を見て話そう」

コレットは子供たちにとってお母さんのような存在だ。その母に急に男ができて、実は結婚していた、となると子供たちはびっくりしてしまうだろう。

子供たちには、もう少し時間をあけてから俺たちの結婚について伝えることにしたのだ。

「……仲良いわね」

ぷくっとほおを膨らませるアム。

「なーにアム、焼き餅さん？」

「ばっ。ち、ちがうわよ！」

ぴーん！　としっぽを立たせるアム。

「へいまみー。みーたちいつまでまってればよいのー？」

早く風呂に入りたいのか、子供たちがうずうずとした視線を俺たちに向ける。

「お風呂に入る前には体を洗わないとね。さ、みんなおいで。先生が体を、あますことなくきれいきれいにしちゃうんだぜ！」

すると子供たちが「「「わーい！」」」とコレットに殺到する。

俺はコレットとアムと手分けして、子供たちの体を洗う。

キャニスはコレットに、ラビはアムに、そしてコンは俺に、それぞれ体を洗われる。

「あーん、にぃに、はだかみられてもーた。およめにいけないよう」

「もう何度も見てるだろ」

「そうだった。みーはすでによごれてしまっていた。よよよ」

平坦なトーンでいつもの眠たげな表情で言うコン。

最近わかったのだが、これはコンなりの冗談というか、俺をからかって遊んでいるだけであるのだ。別に悪意はない。

「ほらコン。次はシャンプーだ」

「にぃ、かみのけはどうでもいい。しっぽはきちんとあらってぷりーず」

なにそのこだわり……。

シャンプーを使って、コンの銀髪を泡まみれにする。

その隣でコレットがキャニスの茶髪をわしわしと洗っていた。

「けど不思議ねー。この液体。泡が立ちやすいし、汚れがとっても落ちるの。不思議」

すると俺の前に座っていたコンが、きらん、と目を輝かせる。

「まみー、それはえきたいちゃうよ。しゃんぷー、というえきたいせっけんだよ」

コンが得意顔で説明する。

「あらそうなの？　コンはとっても物知りさんねー」

にこーっと笑って、コレットが泡まみれの手で、コンの髪を撫でる。

「はくしきコンちゃんとよんでもよくってよ」

口元を緩ませ、ドヤ顔のコン。

「……むぅ」「……いいなぁ」

褒められているコンを見て、キャニスとラビが、うらやましげに見ていた。

「にぃ、みんなにみられてる。ちゅーもくをあつめてる。みーがちゅーもくのさいせんたんにいる。なんでかな？」

「コンがコレットから物知りってほめられたのが、うらやましいんじゃないか？」

「なるへそ」

髪の毛をしゃこしゃこしながら俺が答える。コンのしっぽがゆらゆらと揺れる。

「コン。しっぽが邪魔で髪の毛が洗いにくいぞ」

「すまねえ。けどきぶんがこーよーしてしもうてな」

そんなにコレットから物知りと褒められたのがうれしかったのだろうか。

ややあってコンの髪の毛を洗い終える。ざばっ、と髪についたシャンプーを洗い流す。

「ふぅ。にぃがしゃんぷーするととってもきれいになるね。よ、てくにしゃん」

「ありがとうよ」

わしゃわしゃとコンの頭を撫でた後、しっぽもシャンプーして洗い流す。

「よーし、おめーらじゅんびはおっけーかー？」「「おっけーおっけー！」」

キャニスとラビも体と頭を洗い終えたらしい。

「よしふろにいくぞ！　ぼくにつづけー！」

「「わーー！」」

子供たちがてててて、と走って、湯船にどぼんと浸かる。

「さて」

俺も体を洗うかな、と思ったのそのときだった。

「ジロくんジロくん」

つんつん、とコレットが俺の肩をつついてくる。

その目は期待にみちみちていた。

「どうした？」

「んっ」

とコレットが俺に背を向けて、

「どーん」

と俺にもたれかかってくる。

「どうかしたか？」

「ジロくんさんや、髪の毛洗ってさしあげますぜ」

コレットがビッ！　と親指を立てる。

今彼女はなんと言ったか？　髪の毛を、洗ってくれるだって？

「えっ？　い、いいよ。俺は別に」

「遠慮しなくて良いのよ。ほら、いつもジロくんには子供たちの髪の毛を洗ってもらってるじゃない？　だから今日は私がジロくんの髪の毛を洗ってあげようかなーってね」

「そんな……別に」良いよ、といいかける。そこでコレットのエルフ耳がしゅんと垂れ下がったので「じゃあお願いしようかな」

コレットの顔がぱぁっと明るくなる。やっぱり彼女は笑っている方が良い。

「けど急に思い立ったな」

「えへへっ。ほら、せっかく結ばれたじゃない？　だから新婚さんっぽいことしたいなーって思いましてね」

なるほど……だからか。

「さっ、ジロくん。すわりたまえ」

コレットが木のイスを自分の前に置き、ぽんぽん、とたたく。

その目は期待に輝いていた。

了承した手前、やっぱりやめた……とは言いづらい。

俺はコレットの前に座る。

「失礼しまーす」

手にシャンプーを載せて泡立たせ、コレットが俺の頭に手を置いてくる。

「かゆいところありませんかー？」

「とくにないな。大丈夫」

コレットのほっそりとした指が、俺の頭皮に触れる。至近距離に彼女がいるので「ん」「ふっ」「んく」と彼女の吐息が聞こえてきて、どうしても夜のことを思い出してしまう。

さらに密着しているから、彼女のとてつもなく柔らかな水蜜桃が、背中にぐにゃりと当たって気持ちが良い。

視線を感じてちらりと背後を振り返る。子供たちが温泉からにゅっと顔を出して、俺たちを見ていた。

「はわわ……」

「じろじろー」

「じー」

「にぃ、でれでれしてる」

ぴっ、とコンがしっぽで俺を指さす。

「そんなことないって」

俺が否定する。

が、子供たちは俺の意見を聞かずに、独自に会話を続ける。

「いーや、コン。おめーのいうとーりです。おにーちゃんはでれでれしてたです」

「でしょだしょ」

キャニスがコンにそう言うと、コンが両手をピストルにして犬っこを指さす。

「でもしょうがないね。まみーはきれーでかわいーから」

「きれいでかわいいからでれでれしちゃうのです？」

ラビの問いかけにコンが答える。

「おとこってそーゆーもんだからね」

コンの言葉に、キャニスとラビが「「おー」」と感心する。

「コン、おめーよくしってんなー」

「まぁ、みーもいろいろあったからね。じんせーけーけんってやつがほーふだから」

「コンちゃん……かっこいい！」「かっけー！」

キャニスとラビがほめると、

「ストレートにほめられるとてれますな」

とコンが自分のしっぽで顔を隠す。

その間にコレットに頭を洗ってもらい、泡を流してもらう。

コレットと一緒に湯船に向かう。

体を湯につけると、子供たちがすすすと近づいてきた。

「んじゃ、きょーはぼくが、おねーちゃんのひざのうえー！」

キャニスが元気よくそう言うと、コレットの膝の上に乗っかる。

「それじゃあみーはキャニスのひざのうえー」

そう言ってコンが、犬っこの膝の上に乗っかる。

コレットが子供二人を乗っけている形だ。

「コン、おめーのしっぽ、かおにあたって、くすぐってーですぅ～」

「すまねえすまねえ、わるぎはねえ」

「そういいながらおめー、しっぽふぁさふぁさするのやめろやぁ～」

コンがきつねしっぽを動かすたび、キャニスがくすぐったそうに顔を蕩かせる。

「あの……あの……にーさん、あの……」

一方でラビが、俺を見上げて、もじもじしている。

「あのその……えとえと……」

「膝に乗りたいのか？」

「は、ハイなのです！」

ぴっ、と手を上げるウサギ娘。

「いいぞ。おいで」

「わーい！」

ラビがすすす、と近づいてきて、俺の膝の上にちょこんと正座する。

「ラビはちゃれんじゃーだね」

コンがほほう、と目を細めて言う。

「ちゃれんじゃー？　どういういみなのです？」

「いや、いいよいいよ。きづかぬならそれでいいよ。ラビはまだおこちゃまだからね」

「むぅ、コンちゃんがいじわるなのです」

ぷくっとほおを膨らませるラビ。

「おいコン。ラビをいじめんじゃーねーです」

キャニスがカプッとコンの肩に甘噛みする。

「そーりー。ただおとこのひとのおひざにのるのはあぶないよっていいたかったの。じぽてきに」

「じぽ？」

「きみらはしらなくていいよ」

コンがかっこつけてそう言う。

「コンはいろんなことしっててすげーなー」

「コンちゃんは……ものしり！」

「いやいや、みーなんてまだまだだよ」

ぱちぱちと手をたたく子供たち。

コンは顔をしっぽで隠して照れていた。

コレットは子供たちの様子を、ニコニコしながら見守っている。

その視線に気づいて、キャニスは「とりゃっ！」とコレットに体を預ける。

犬っこの頭が、コレットの爆乳の谷間に挟まれる。

「きゃっ。もう、キャニスやめなさい」

「おねーちゃんのこのふかふかおっぱい、たまんねー！」

目を蕩かせて、キャニスがコレットの胸にほおずりする。

「もう、やめなさい。こら、あんっ♡」

くすぐったそうにするコレット。

小さな少女に胸をもてあそばれるばくにゅうおねえさんか……。

な、なんかいけないことを見てるみたいで、背徳感がすごい。

コンがすすす、と俺に近づいてくる。

「うらやま？」「ははは、まさかな」「にぃ、めがくろーるしてる」

よく見てらっしゃるコンさんよ。

「…………」

ぎゅーっ、とアムが俺の肩をつまんできた。

「痛いって」

「……ふんっ。ばかっ」

アムはそう言うと、湯船に沈む。

コンは一連のやりとりを見た後、

「しゅらば？　しゅらしゅしゅしゅ？」

「違うって。ませてるなぁ、コンは」

「あだるてーなおんなとよんでいいよ」

コンも俺の膝の上に乗ってきて、ラビと一緒に俺にじゃれてくる。

しばらくそうやって、みんなでお湯につかったのだった。

☆

全員で湯船につかっている時のことだ。

「へいまみー。これしってる？」

コンが、すいーっとコレットに近づく。その手にはアヒルのおもちゃがにぎられていた。

「あら？　なーにこれ？」

コレットは知らないようだ。

この間俺がスキルで複製して出したものだということを。

「ふふふ、まみー。これすごいよ。みてて」

コンがアヒルのおもちゃのゼンマイを巻く。そして湯船で手を離す。

湯に浮いているアヒルが、すいーっと湯の上を泳いでいく。

「あらすごい。コン、これはなに？」

「まみーしらないの？　おくれてるね。みーたちのあいだでだいりゅーこーのおもちゃですぜい」

「あらそうなの？」

コレットの問いかけに、キャニスとラビが「「うんー！」」とうなずく。

「そうなの……。へえ、ふしぎねー。どうやって動いてるのかしら？」

お湯の上を泳ぐおもちゃを、コレットが興味深そうにじいっと見る。

「このねじをまわすとうごく。やってみる？」

「いいの？　じゃあやらせてもらおうかしら」

コンがコレットにおもちゃを手渡す。

「そこの……くるくるを、くるくるまわすべし」

「こうかしら？」

「もっとはげしく。もっとくるくると」

「こ、こう？」

「うん、いいね。まみーはすじがいいよ」「あはは、ありがとうコン」

コレットがきつね娘の頭を撫でる。ふぁさふぁさっ、としっぽが激しく動いた。

「「いいなぁー」」

とキャニスとラビが、俺の膝の上で言う。

「コンばっかりずりーです。ひとりとくいげにっ。ぼくだっておしえてやりてーです！」

「ら、らびも……」

どうやらふたりとも、コレットにおもちゃの使い方を教えてあげたかったらしい。

その一方でコンがコレットにおもちゃのレクチャーをしている。

ややあってねじを巻き終えて、コレットが手を離す。

「わっ、わっ、すごいわ。動いてるっ」

「うん、やっぱりすじがいいね。ひょっとしたらまみーはてんさいかもね」

「あらあらうれしいこと言ってくれるわね、コン」

コレットがコンをきゅっと抱きしめると、ほっぺにチューをする。

「「！」」

それを見たキャニスとラビの耳がぴーん！　と立つ。

「あーん、らめー。こどもたちがみてるわー」

コンが照れ照れとしっぽで顔を隠す。

「おねーちゃん！」

キャニスがザバババババ！　とお風呂の中で犬かきして、湯船の端っこへ行って、戻ってくる。

「ん！　これっ！　んっ！」

キャニスが持ってきたのは、風呂で作っていた温泉卵だ。

後でみんなで食おうと、ネットに入れておいたものを、キャニスが取ってきたのである。

「あらキャニス。これはなに？」

コレットが首をかしげるのを見て、キャニスが、

「なんだー。おねーちゃんしらねーです？」と得意げに言う。

「キャニス、おぬしまさか。みーのぱくりっ」

コンがくわっと目を見開く。

「おめーだけおねーちゃんにとくいげにおしえてんじゃねーです。ぼくだってすげーっていわれてーです！」

「むむむ、みーだってそれやりたかったのに……でもいいよ。キャニスにゆずるよ。みーはさっきやったからね」

「おう！　あんがとなコンっ」

「いいってこと。みーたちふれんずだもんね」

キャニスとコンがしっぽ同士で握手（握しっぽ？）してる。

「いいなー。ふたりとも、いいなー」

ラビが指をくわえてキャニスたちを見やる。

「それでキャニス。これはなに？」

コレットが温泉卵を持って犬っこに尋ねる。

「おー！　それな、おんせ……おんさ……？　おんた……」「温泉卵な」「そう！　おんせんたまごってゆーんです！」

俺が後ろで、小声で教える。

「……おにーちゃん、ないすあしすと」

キャニスがこそっと俺に言う。

「温泉卵？　なーにこれ？」

「これなー。すっげーうめーです！　とりあえずくってみやがれ、です！」

キャニスに勧められて、コレットが卵の殻を割る。

「わっ、わっ、すごいわ。白身がとろっとしてる」

「それをちゅちゅちゅちゅーってすうんです！　コン！　コンはいるかー！」

「へいたいしょー。みーはここに」

すっ、とコンがキャニスに近づく。

「しおもってこい、です！」「そーゆーとおもってここにあるまする」

すすっ、とコンが瓶に入った塩を手にして言う。

「コン、おめー……やるな！　ぼくがゆーまえによーいするなんてっ」

「それほどでもないこともない」

コンがドヤ顔になる。

キャニスは塩をコレットに手渡す。

コレットは温泉卵に塩を振って食べて「おいしい！」と笑顔になった。

「なーうめーだろー？」

「ええ、とってもおいしいわ。こんな美味しいものを食べさせてくれて、ありがとう、キャニス」

コレットがよしよし、とキャニスの頭を撫でる。

「へへっ、たいしたことしてねーです」

キャニスがしっぽをくねらせる。

「いいなー、いいなー」

褒められているキャニスを見て、ラビが目を輝かせて言う。

「らびも……らびもなにか……なにか……」

どうやらラビも他の子たち同様、コレットにものを教えて褒められたいと思っているらしい。

「あうあう……おもいうかばないのです……らびは、だめだめなのです……」

としょぼんと表情を暗くしていたそのときだった。

「ラビっ、あきらめてんじゃーねーぞ！」

キャニスがそう言って、ラビを鼓舞する。

「そーだよラビ。あきらめたらそこでしあいしゅーりょーだよ」

ぽんぽん、とコンがしっぽでラビの肩をたたく。

「キャニスちゃん……コンちゃん……。でもらびはおもいつかないのです……」

ぺちょん、とウサ耳がさらに垂れ下がる。

「ばっかおめー。あれがあんだろ。わすれてんじゃーねーですです」

「ふろあがりにのむてきな、ひーこーぎゅーぬーてきな」

ふたりのアドバイスを聞き、ラビは「！」と何かに気づいた表情になる。

「で、でもでも……どこにあるのからびしらないのです……」

「そんなこともあろうかと。みーがよーいしておきました」

スッ……とコンがラビに、牛乳瓶を差し出す。

クーラーボックスに入れて冷やしていたものを、コンが持ってきたのだ。

「さあこれをまみーにわたすのだ」

「コンちゃん……！　で、でもそれはコンちゃんのてがらじゃ……」

申し訳なさそうに、ラビが眉を八の字にする。

だがコンは笑って、

「みーはさっきまみーにほめてもらったから。ラビ、つぎはゆーのばん」

「おめーさっきいいなーっつってたろ？　えんりょしてんじゃねーです」

「ふ、ふたりとも……ありがとなのです！」

ぱぁっ……！　とラビが表情を明るくする。

「はやくしないとぎゅーぬーがぬるくなっちゃうよ。おはやく」

「いーってこった」

「うん！」

ラビがうなずいて、コレットのもとへと向かう。

「ま、まま！」

コレットは子供たちのやりとりを、ニコニコと見守っていた。その彼女に、ラビが話しかける。

「なーに？　どうしたの？」

「えとえと……ままに、ままに、これ！」

すっ……とラビが牛乳瓶を、コレットに手渡す。

「ありがとうラビ。これは？」

コレットがラビから瓶を受け取って、首をかしげる。

異世界人であるコレットにとっては、牛乳瓶も見たことがないだろうし、そもそも中身の液体が何かもわからないのだろう。

「これは……ぎゅ、ぎゅーぬー！　こーひーぎゅーぬーなのです！」

だが子供たちは、一足先に、俺が作った地球のものを食べたり飲んだりしているので、知っているのだ。

「こーひーぎゅーぬー？　聞いたことない飲み物ね。どういう飲み物なの？」

「はうっ。えっと……ぎゅーぬーは、ぎゅーぬーは……。あぅう」

どうやら牛乳が何かを知らないらしい。

「コレット。それはな」と俺が説明しようとしたのだが、

「のん」

と、コンが俺の口にしっぽを重ねてきた。

「ラビががんばってる」

コンの言葉に、俺は「そうだな」と同意する。

子供が頑張っているのだ。安易に手を出すべきじゃない。見守るのもまた、大人の仕事だから。

俺が黙っていると、子供たちが、

「へいラビ。がんばれ。にぃにおしえてもらったこと、おもいだせいせい」

「そうだぞラビ！　このあいだおにーちゃんにおしえてもらっただろおめー！」

とラビを応援する。

コンたちの言葉に、ラビが「！」と目を大きくする。

「そうだっ。えっと……ままっ、これはね、ぎゅーぬーはねっ」

一生懸命に説明しようとするラビ。

「うしさんの……おちち、なのです！　こーひーぎゅーぬーは、それに、こーひーをまぜたもの、なのです！」

ラビがバッ……！　と俺を見てくる。

どうやら、この説明であってるか？　と聞いてきているらしい。

俺はうなずく。コンとキャニスは、グッ……！　と親指を立てた。

ラビは明るい表情になり、グッ！　と親指を立てて返す。

「あらそうなんだ。ラビも物知りね」

コレットは笑顔で、ウサギ娘の頭を撫でる。

「はぅっ。きもちぃーのです……」

ラビの目がとろんと蕩ける。

「じゃあせっかくだからいただくわね」

コレットがコーヒー牛乳を飲もうとする。

「あら、これはどうやって飲めば良いのかしら？」

どうやら瓶の開け方を知らないらしい。

「へいラビ。おぬしのしごとはまだおわってないぜ」

「そーだぞおめー。おねーちゃんがのまなきゃいみねーぞ」

「そ、そうだったのです！」

ラビがコレットの近くに寄る。

「あ、あのねあのね。えっと……このかみのふたを、ゆびでぽきゅっ、ておしこむのです」

えいやっ、とラビが牛乳瓶の蓋を押し込む。蓋が開いて飲めるようになった。

「これでもう飲めるの？」

「はいなのです！」

コレットが持ち上げて、しげしげと中身を見やる。

「変わった色ねぇ」と感想をつぶやいた後、くいっと飲む。

「どうだ……？」「どうでっしゃろ？」「はわわ、まま、どう？　おいしい？」

子供たちが固唾を呑んで、コレットが飲み終わるのを待つ。

ややあってコレットが瓶を口から離す。

「んっ！　んっ！　んー！」

コレットのエルフ耳が、ぱたたたたーと小鳥が羽ばたくように動く。

「なにこれ、甘くてとってもおいしいわ！」

興奮でほおを紅潮させるコレット。

子供たちはそれを見て顔を輝かせる。みんなで両手を挙げて、ぱーんっ、とハイタッチする。

「やったな、ラビ！」「ラビせんしゅ、いまのきもちをひとこと」

コンがしっぽをマイク代わりに、ラビに感想を求める。

「えっとえっと……ままがよろこんでくれて、らびはとってもうれしかったのですっ！」

ラビが満面の笑みを浮かべる。

「それとそれと、ままにおいしいものをプレゼントできたのは、キャニスちゃんと、コンちゃんのおかげなのです！　ありがとーなのです！」

ラビの言葉に、キャニスとコンが「「て、てれるぜ」」と頭をかいて笑った。

「あとあと、えとえと……にーさんがいたからなのです！　にーさんがいなかったら、ぎゅーぬーもおんせんたまごもたべられなかったのです！」

ラビが俺を見やる。そしてぺこっと頭を下げる。

「にーさん、ありがとーなのです！」

ラビからお礼を言われて、俺は照れくさかったが、しかしうれしかった。

「いえいえ、どういたしまして」

俺がそう言うと、子供たちも、そしてエルフ嫁も、笑う。

彼女たちの笑顔を見るだけで、いろいろ頑張って作って良かったな。と報われる思いがするのだった。

☆

その後も俺が作ったものを、子供たちがコレットに、得意げに紹介した。

コレットは教えてもらうたび、純粋に驚いていた。

そのリアクションに気をよくした子供たちが、自分も自分もと競い合うように、地球の美味しいものや風呂グッズを紹介していた。

そして数十分後。

温泉から上がった後、子供たちを、俺たちはタオルで拭く。

着替えはさすがに女子たちに任せた。

更衣室を出てきた子供たちは、「…………」「…………」「あう……」と全員が、目をしょぼしょぼとさせている。

「あらまあ。この子たちもう眠いみたいね」

湯上がりで髪にタオルを巻いているコレットが、困り顔で言う。

「お部屋につくまで我慢できない？」「「ぐぅ」」「できないみたいね」

コレットの問いかけに、子供たちが寝息で応え、アムが苦笑する。

俺はコレットとアムと協力して、子供たちを抱きかかえて、温泉を後にする。

温泉を出て孤児院を目指し、森の中を俺たちは歩く。

すっかり日が落ちている。あたりは暗いが、天から降り注ぐ星々と月明かりが、俺たちの歩く道を明るく照らしていた。

しばらく三人で並んで歩いていると、ふと、俺はコレットが笑っていることに気づく。

コレットと目が合うと、彼女はにこっとと笑みを濃くする。

「えへっ。ねえジロくんジロくん」

キャニスを抱きかかえるコレットが、俺を見やる。

「どうした？」

俺はコンを抱っこしながら問いかける。

「ん、んー……。えへへっ。やっぱなんでもない。秘密」

「なんだなんだ。気になるなぁ」

コレットはふふっ、とほほえむと、

「教えて欲しければあとで肩をもむのだぜ、ジロくんや」

「ん。了解」

俺たちがそうやって歩いていると、アムがススッ、と俺の真横まで移動。

ラビを抱えているアムが、ぴったりと俺にくっつく。

「どうした?」

「べつに。……ふんだ」

ぷいっ、とアムがそっぽを向く。

アムの猫しっぽが、ぺしっ、ぺしっ、と俺を責めるようにたたいてくる。

膨らんだほっぺを見たコレットが、

「あらアム?　仲間はずれにされたみたいで、さみしかったのかしら?」

コレットの問いかけに、「ち、ちちちち違うわよ!」

と顔を真っ赤にする。

「なんだなんだ?」

「そんな大声出して。子供たちが起きちゃうでしょ」

「あう……どうしたのー?」

と子供たちが目を覚ました。

降ろして降ろして、と子供たちがせがんだので、よいしょと降ろす。

「アムねーちゃんどーかしたです？」

「かおがまっか。きっとこいだね」

ぴっ、とコンが手で銃を作って、「ばきゅんばきゅん」と撃つ。

「「こいー？」」

と首をかしげる子供たち。アムは「違うわよー！」と吠える。

アムをよそに子供たちが会談をする。

「なあコン、こいってなんだです？」

「きいたことないのですー」

「ふっ、きみたちにはまだちょっとはやいかな」

「あ！　コンてめー。ひとりだけおとなぶって！」

「みーはあだるとなおとなだからね」

ふふふ、とコンが口元を隠して笑う。

「みーはわかってしまうわけだ。アムがだれにおねつか」「わ、わ、わー！」

アムがガバッ！　とコンを持ち上げる。

その口をアムが押さえる。

「もご……アムが……もごご……にぃ……もごごご」

「ば、ば、ばかー！」

アムはコンをつれて、ダーッ！　とその場から走って去って行く。

「コンー！　よしラビ、コンをおっかけっぞ！」

「はいなのです！　こいってなにかをきくのですー！」

わー、とキャニスとラビが、去って行ったアムとコンの後に続く。

あとには俺と、そしてエルフ嫁のコレットだけが残った。

「ふふっ」

コレットが小さく笑うと、俺に近づいていて、ぽすん……と肩に頭を乗っけてくる。ふわり、と花のような甘いにおいが鼻孔をつく。シャンプーのにおいだろうか。それにしては蕩けるように甘く、くらくらするようなにおいだった。

「ねえジロくん。さっきのことなんだけどね」

コレットがポソリ、とつぶやく。

「さっきの？」

「秘密にしたあれ」

「ああ……」

コレットは言葉を迷った後、んっ……と唇を突き出してくる。

その目が濡れて、俺に求めてきた。

俺はコレットの柔らかくて温かな体を抱くと、そのまま唇を重ねる。

心と体をほんの少し触れ合わせた後、ややあって、コレットが唇を離す。

「私ね、最近とっても楽しいの」

にこやかにほほえんで、述懐する。

「もちろん今までも楽しかったわ。アムも子供たちもみんな素直で良い子たちだもの。貧しかったけど、それでもみんながいれば楽しかった。けどね、ジロくん」

コレットが俺を見やる。青い色の、異国の海を思わせる、きれいな瞳だ。

「今は、昔の何倍も、何十倍も楽しいの」

だってね……とコレットが続ける。

「ジロくんが来てくれたおかげで、生活がとっても豊かになった。あの子たちはおなかいっぱいご飯が食べられて、知らないものをいっぱい見られて、とってもとっても楽しそう」

だからね、とコレット。

「あの子たちが前の何倍も何十倍も楽しそうに笑ってるから、私も何倍も、何十倍も楽しくて、うれしいの」

コレットが俺の手を握ってくる。

「ジロくん」

彼女が俺を見上げてくる。大輪の花が咲くような笑みを浮かべて、こう言った。

「ウチに来てくれて、本当に、本当に……ありがとう」

目の端に涙が浮かんでいた。

本当に感謝してくれているんだなと思って、俺の方こそうれしくなった。

嫁を抱き寄せる。この細い肩と腕で、今まであの子たちを支えてきたのかと思うと、すごいと尊敬するし、同時に、使命感に駆られる。

あの子たちも、そして、この娘も、俺が幸せにするんだと。

「コレット、これからは頑張ろうな。ふたりで。そんで、あの子たちみんなを、幸せにしよう」

エルフ少女が目を見開く。そして今まで見てきた中で、一番きれいな笑みを浮かべた。俺はコレットの手を取って、二人並んで歩き出す。

ややあって孤児院が見えてきた。

子供たちが、俺たちのことを待っている。俺はコレットの手をしっかりと握って、子供たちのもとへ向かう。

獣人たちのいる、この孤児院で。

俺はこれからも、先生として、彼女たちを支えていこう。

エルフ嫁と一緒に、子供たちと楽しい日々を送りながら。

この先、ずっと、ずっと。


〈おわり〉

あとがき　～Preface～

しゃぁ！　→が書きたかったー！

初めまして、茨木野と申します！　この本買ってー！（速攻で宣伝していくスタイル）

……すみません、あとがきを書くのが人生初でして、ちょっと興奮してます。

■自己紹介

【いばらきの】と申します。

２０１５年くらいから、『小説家になろう』でお話を書き始めました。

その後3年間、頑張ってお話を書き続け、２０１８年5月、この「善人のおっさん」を投稿。

編集さんの目にとまって、同年11月、こうして小説家としてデビューすることになりました。

■preface ってなに？

これは僕のペンネームの由来にもなっている、大好きなライトノベルの作者さんが、あとがきの下にこう書いているんです。僕も自分が小説を出したときは、自分もこれするんだぁ！

と、野望を抱いていたのです。それがかなって、本当に嬉しいです！

■出版されるまでの経緯
２０１８年の5月下旬くらいのこと。善人のおっさんを投稿してから、10日目くらいに、アースターノベル編集部の編集さんから、オファーの連絡が来ました。

同年6月に、編集さんと、初めて顔合わせ。それから打ち合わせ、メールでのやりとりを繰り返し、原稿の作業に入ったのが6月の下旬くらいで、最終的に入稿が終わったのが、9月下旬。

約3ヶ月間、書籍化のために原稿を書き、11月、出版されることに至ったわけです。

■作品紹介
読んで！

買って！

■作品紹介（真）
→だとあんまりなので、軽く作品紹介を。
冒険者を引退した男が、偶然、昔のあこがれの先生と再会するところから、物語が始まります。

再会した美しいエルフの先生は、森の中で小さな孤児院を経営していました。

恩師である彼女に恩返しをするべく、主人公はそこで働くことになります。

そして持ち前の【複製】スキル（物なら何でも作れる）を使って、孤児院を立て直していく。

というのが大筋です。エルフ先生との恋愛あり、孤児院の子供たちとのほのぼのしたやりとりあり、という作品になっております。

そしてなんと言っても作品の魅力は、神絵師ヨシモトさんによるイラスト！　本文はオマケだ！

■作品を書き終えての感想

めっちゃ楽しかったー！　その一言に集約されます。

僕、小さい頃から小説家になりたかったのです。

夢をかなえるためにがんばって、ようやく書籍化のオファーが来て、デビューできました。

小説家としてデビューし、小説家として作業して、こうして読者の皆様に、本を届けられた。

その過程や作業が、本当に楽しかったです！

■謝辞

まず、イラスト担当のヨシモト様！

いや、ヨシモト【神】様！　神！　あなたが神！

というほど、神イラストで、僕の本をここまで魅力的なものにしてくださいました。

キャラのかわいらしさは、ラフの段階からマックスでした！

ラフだけじゃなく、カバーイラストや口絵も含めて、あなたのイラストは、すべてが最高でした！

絵が上がってくるたび、「やばい」「すごい」「尊い」としか言えなくなってました。

素晴らしいイラストを描いていただき、心から感謝してます。本当にありがとうございました！

次に、編集の増田様！

書籍化の打診から始まり、打ち合わせ、改稿作業と、僕の面倒を長々とみてくださって、ありがとうございました！

いつも迷惑ばかりかけてすみません。ですがあなたの的確なアドバイスがあったおかげで、より良い作品にすることができました。本当に感謝してます！

その他、校閲者様をはじめとした、僕の本づくりに携わってくださった皆様、ありがとうございます！

そして！　ウェブ版から読んでくださっている、読者の皆様！

皆様のおかげで、念願叶って、小説家になることができました。本当にありがとうございました。

もちろん、今こうしてこの本を手に取ってくださっている、読者の方にもウルトラ感謝です！

ウェブ版の読者さま、そして書籍版の読者さま。

その他たくさんの人に支えられて、こうして僕は小説家として、文章を書いていられる。

そのことを忘れずに、今後も頑張っていこうと、思います！

■最後に宣伝

なんと近々もう一冊本が出ます！

『元勇者のおっさん、転生して宿屋を手伝う～勇者に選ばれ親孝行できなかった俺は、アイテムとステータスを引き継ぎ、過去へ戻って実家の宿屋を繁盛させる』

アーススターノベル様より、この冬発売予定です！

こちらもかなり頑張って書きました。よろしければ、読んでいただけると嬉しいです！

それと『小説家になろう』で、このお話の続きが読めます。

「茨木野」と検索すると、このお話の続き（3章から）、そして来月に出版される「元勇者のおっさん」を読むことができます！　そちらもよろしければ是非！
またツイッターもやってます。【@ibarakinokino】で検索していただけたらと！
■しめのあいさつ
それでは、長くなりましたが、あとがきはこの辺で。
また皆様にお会いできる日を夢見て、筆を置かせていただきます。
以上です！　ではまた！

２０１８年10月某日　茨木野

①巻の発売
おめでとうございます!!
幼女たちがとても可愛いく、
楽しく読ませて頂きました!!
ここまで読んで頂き
大変ありがとう
ございました!!
ヨシモト
サ
キ
メ

※QRコードは掲載サイト「小説家になろう」の作品ページへリンクされています

新作のご案内

二度転生した少年はSランク冒険者として平穏に過ごす
~前世が賢者で英雄だったボクは来世では地味に生きる~

（著：十一屋 翠　イラスト：がおう）

「……ちょっとまった。あのドラゴン、お前さんが狩ったのか？」

「はい！　町に来る途中で狩りました！」

「……やっぱりドラゴンかー。ワイバーンには見えないもんなー」

どうしたんだろう？　試験官さん、なんだか凄い汗をかいてるぞ？

「では試験を……」

「合格っ!!　冒険者試験合格!!」

「……ええっ!?」

英雄と賢者という二つの前世の記憶を持って生まれた少年レクスは、前世で憧れていた冒険者となり、地味な生活を満喫していた。

ただし、自分の活躍が『滅茶苦茶派手』という事に気づかずに……。

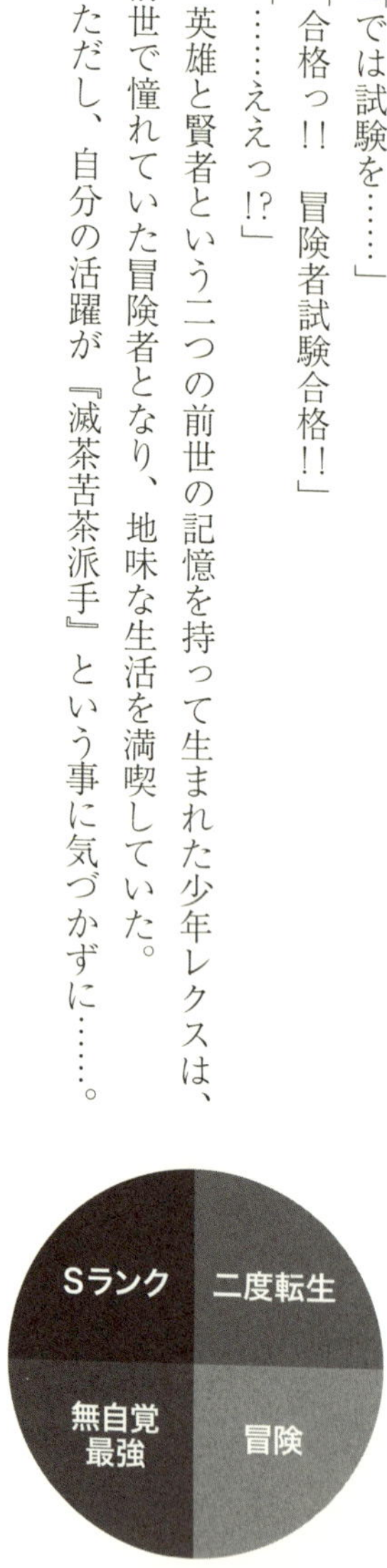

最強パーティーの雑用係～おっさんは、無理やり休暇を取らされたようです～（著：peco）

「クトー。お前、休暇取れ」「別にいらんが」

クトーは、世界最強と名高い冒険者パーティーの雑用係だ。しかもこのインテリメガネの無表情男は、働き過ぎだと文句を言われるほどの仕事人間である。

当然のように要請を断ると、今度は国王まで巻き込んだ休暇依頼、という強硬手段を打たれた。

「あの野郎……」

結局休暇を取らされたクトーは、温泉休暇に向かう途中で一人の少女と出会う。

最弱の魔物を最強呼ばわりする、無駄に自信過剰な少女、レヴィ。

「あなた、なんか弱そうね」

彼女は、目の前にいる可愛いものを眺めるのが好きな変な奴が、自分が憧れる勇者パーティーの一員であることを知らない。

一部で『実は裏ボス』『最強と並ぶ無敵』などと呼ばれる存在。

そんなクトーは、彼女をお供に、自分なりに緩く『休暇』の日々を過ごし始める。

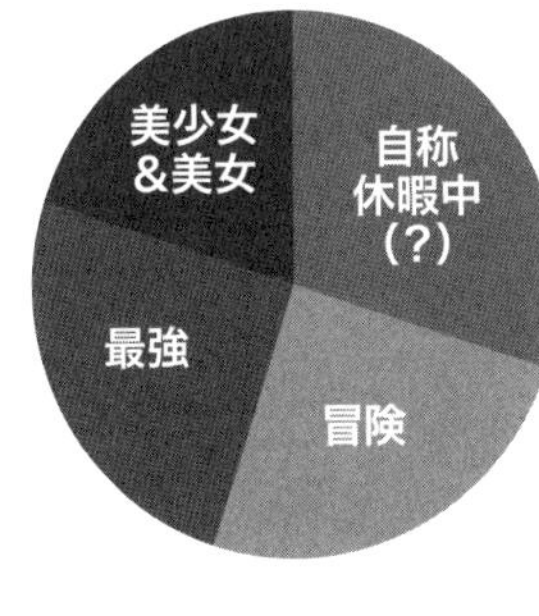

善人のおっさん、冒険者を引退して孤児院の先生になる
エルフの嫁と獣人幼女たちと楽しく暮らしてます

発行 ―――― 2018年11月15日　初版第1刷発行

著者 ―――― 茨木野

イラストレーター ―――― ヨシモト

装丁デザイン ―――― 山上陽一＋藤井敬子（ARTEN）

発行者 ―――― 幕内和博

編集 ―――― 増田 翼

発行所 ―――― 株式会社 アース・スター エンターテイメント
〒141-0021　東京都品川区上大崎3-1-1
目黒セントラルスクエア　5F
TEL：03-5561-7630
FAX：03-5561-7632
https://www.es-novel.jp/

印刷・製本 ―――― 図書印刷株式会社

ISBN 978-4-8030-1250-7